生命三部曲·之

A Trilogy of Life

东上海的前世今生

吴正 / 著

文化艺术出版社
Culture and Art Publishing House

图书在版编目（CIP）数据

东上海的前世今生 / 吴正著. — 北京：文化艺术出版社，
2015.10

（生命三部曲）

ISBN 978-7-5039-6031-4

Ⅰ.①东… Ⅱ.①吴… Ⅲ.①长篇小说 – 中国 – 当代

Ⅳ.①I247.5

中国版本图书馆CIP数据核字(2015)第239244号

东上海的前世今生

（生命三部曲之一）

著　　者　吴　正

责任编辑　周进生

装帧设计　顾　紫

图片提供　郭启蒙

出版发行　文化艺术出版社

地　　址　北京市东城区东四八条52号　（100700）

网　　址　www.whyscbs.com

电子邮箱　whysbooks@263.net

电　　话　（010）84057666（总编室）84057667（办公室）

　　　　　（010）84057691—84057699（发行部）

传　　真　（010）84057660（总编室）84057670（办公室）

　　　　　（010）84057690（发行部）

经　　销　新华书店

印　　刷　北京荣宝燕泰印务有限公司

版　　次　2015年11月第1版

印　　次　2015年11月第1次印刷

印　　张　7.875

字　　数　120千字

开　　本　790毫米×960毫米　1/32

书　　号　ISBN 978-7-5039-6031-4

定　　价　39.80元

吾之大患，为吾有身

虚构非虚构

生命三部曲之

东上海的前世今生

A Trilogy of Life
Fictionalized   Non-fictions

楔子

这行标题的落笔时间是二〇一四年九月十号午夜刚过。是的，就这样，我端坐在写字台前，凝视着腕表上的时、分、秒针如何一小格一小格地行进，终于叠合，然后过去。然后，然后我才开始动笔的。权当是一种仪式吧，此刻的我，已正式踏入了这一趟人生旅程中的第六十七个年头。所谓"活在当下"，至少这一刻，我是在意识十分清醒的状态之下度过了的，其他的都可以忽略不计。我的强烈感受是：已逝去的六十六个年头就这么轻轻地一笔带过。而我，似乎在这一刻间又将它们重新活多了一回。我的一首诗是这么说的：每一刻都是它最短的本身/和悠悠岁月的投影/缩短/缩短，而后终于叠合的/那一点。人诞生在某一刻/人也停息在某一刻/每一刻/每一刻都是一个永恒……

因此，我可以向自己证明说，这就是那项生命的奇迹——不是吗？就像千禧年来临之际的countdown(倒数)，全世界的香槟酒瓶塞都在那同一刻弹开，喷沫，一幅多么壮观的情景啊！而我之庆贺自己第六十七个年头的降临是写下了这么一行小说的标题——对于任何一个作家而言，扣响其新一部长篇作品的信号枪都不能不算是一桩人生大事，尤其是在这样的一个年龄起跑线上。

此刻，我已扣响，我已开弓没了回头箭。但我告诉自己，也安慰自己说：没关系的，你不用担忧，也不用太操心，你不已经为它准备好了充足的精神资粮了吗？因为我十分明白：此举意味着的是什么？这将是一场残酷的战役，一场没有对手的战役。假如真有对手的话，对手便是自己。既然是如此，既然选在了这么个时刻来举行这么一场小小的、十分个人化了的马拉松起跑仪式，那就不仅仅局限其形式之本身。这是自我激励的需要，我需要一种精神上的支撑和驱动：且还得马力十足。好了，就讲这些了，再多，那就不叫"楔子"啦。

目录

一 · 1

南溧阳路，宅所稍显简陋，地段也略见偏僻。只是因为有水为邻，故沾了点灵气。北段则梧桐高大，树荫浓密，街面宽阔。两旁的红砖洋房，藏身在树叶丛中，乍隐乍现。

二 · 8

从此，那凄凉的哭声，那只在水面上晃动着的苍白的手臂便埋在了我童年记忆隐秘的深处，且总还会不期而遇地跑出来作祟我一下。

三 · 14

事实上，整座商场里就没什么人气。阴冷的色调，阴冷的氛围，阴冷的历史，站在那里，不知为何，总感觉到有股子阴气逼人来。

四 · 21

初夏的晌午，人昏昏欲睡。队员们集训时嘹亮的口令声不断地传入到寂静的课室中来，遂令困顿的大脑皮层不间断地亮起了一盏又一盏的红灯，集中思想，注意老师在讲些什么。

五 · 29

我心老游荡在它五十年代的岁月里。一有机会，我的思路便会倏然闪回，回到刚从“老虎灶”的弄堂口拐弯出来的那一处去。

六 · 35

然而，最让我有持续记忆场景和情节的，还是它对街的那栋灰色大楼：老洋行1913。洋行的外国老板撤离后，水门汀建筑变成了一家冷冻库。

七 · 44

我记得有两条弄堂，一叫“瑞庆里”，二叫“瑞康里”。大弄套小弄，内弄通外弄，拐拐扭扭，曲曲弯弯。坠入其间犹如坠入迷宫的版图中。

八 · 51

她总是战战兢兢地走进去，然后又神情黯伤地退出来。我们母子俩不为什么，只为能从那幢红楼中再次领到通行证，去香港与父亲团聚，共同生活。

九·57

它站立在那里，烈日寒暑，春夏秋冬。无论是在现实里，还是在我各种年龄段的梦回里，它都是同一种姿态，且都用那同一句无声语告诉我说：这里，就是你的家！

十·65

寒冬时节，最好在窗外还飘着雪花，通红的炉火，教人备觉暖意融融，家之温情油然而被唤醒。如此情趣，我只是在四五岁之前有见到和享受过，所述情景只能说是记忆与想象互补后的结果。

十一·71

日长月久，中间走路之处油漆渐渐褪去，木板本色外露。而四周少人，甚至无人踩到的地方，油漆依旧艳红如新，光亮照人。

十二·74

然而，就在我见到她的第一眼时，我便着了魔。这一切都发生在瞬刻间。我失去了对自己的控制力，也放弃了对自己的控制力。

十三·84

再阅该段文字，仿佛弄堂玩伴们躲在门背后轻呼吾名，要我一同出来撒野的音声都能隐约闻之。而与他们一道耍野，这是一九五二年到一九五五年间，我的最大童趣之一。

十四·95

这与你将珍稀动物诸如大熊猫圈养起来，给它个温饱不忧，而它们却仍还时时刻刻挂念着山林里的那种缺栖少食的自由是一个道理——人在这点上，很有点像动物。

十五·102

后弄堂又恢复了原先的平静：小皮匠照打他的鞋桩，油条店照煎他的油条。就像是参禅，这些弄民们如何能够参透毛主席他老人家的宏韬伟略呢？

十六·110

这是一声静止了时空的呼唤，它没消散，它那慈爱、亲切的音调仍然飘浮在这街灯暗淡的窄弄之间。它永不可能消散，就像这世间最美好的母唤一样，它永远回荡在了游子记忆的空间。

十七 · 117

当她从她那最后一叩拜之中抬起头来时，她见到西方阴霾的云层裂开了一条缝，有金色的夕辉从云层中斜泻而出。见此景象，瘦弱的祖母宽慰地笑了，她知道，这是观世音菩萨显灵了……

十九 · 136

再回687号去？房子倒还在，没遭拆迁，但……但就算有了这种可能，物是人非，再见这一切的一切，忆及那一切的一切，眼忍住了泪，心还是会淌血的呀！

二十一 · 148

纵观父亲这一生，聚聚散散，合合离离。反而是母亲与我共同生活的时间最长，有六十年。而父亲则总是单个只影。可见人命运之定数其实早已在冥冥之中蔽定。

二十三 · 167

缪伯伯说，他之所以没寻短见的原因是因为还有一大家子人要他养，而最重要的是，他说，他还有一位八十几多的高堂要他来侍奉啊。

十八 · 126

这一幕童年的记忆我保存了许多年的新鲜劲，每逢过年过节过国庆，一经过哈尔滨路，见到有标语在风中飘动时，我就会想到它。因为再见七叔，那已是在二十年后的事了。

二十 · 145

年迈了父亲在香港，常会无缘无故地忆及687号的那些温馨而又峥嵘的岁月；想起他的那两个"宝货"（江阴土话）弟弟来。而每回提起，他都揪心不已。

二十二 · 158

时间流呀流的，就流到了八十年代初。年近古稀的顾伯伯又赶上了改革开放的那趟车。他便再来了个"老骥伏枥志在千里"。他变成了当时硕果仅剩的几位财经权威之一。

二十四 · 174

可见人的思路惯性有时是很顽固的，故其结局往往也会变得诡谲：从前当过你垫脚石的，现在很可能就成为了你前进道路上的那块怎么挪，也挪不动的拦路石。

二十五·180

这里先选两个人的故事来说一说。他们都曾在我家的亭子间里住过，少则几个礼拜，多则数月。一人是父亲面上的叔公辈，另一个则是我母亲的堂兄。

二十六·187

一个年轻的姑娘家，从未见识过杀人的场面，再说被杀之人又是她爹，受了点刺激，一时神经错乱，也属情理中事。但是，她立场坚定，爱憎分明，应该是位好同志。

二十七·192

要说有折磨，主要是精神上的折磨大些，在这漫长的十年黑夜里，大姨夫的"认罪书"与"交代坦白"材料可说没少写。照他自己的话来讲，都够一本《三侠五义》小说书的篇幅了。

二十八·201

右手边是"音乐谷"，"1933老场坊"和九龙宾馆，岸边簇新簇新的大理石道上，有人正背靠着河堤吹萨克管，曲调沙哑而忧伤。

二十九·212

升起了的，除了夜雾，还有我刹那时的困惑：究竟，我是不是真真实实地活过了那六十七个年头呢？没有答案，不会有答案的。一切的一切，不都隐藏在身后的那团迷雾之中了？

三十·220

醒来时，天已蒙蒙放亮。我睁大了眼睛凝视着灰白色的天花板，心中充满了困惑、惆怅、思念、预感，或者还有些其他的什么。

附录一·224

附录二·228

附录三·234

东上海的前世今生

一

　　溧阳路687号。这个梦魂萦绕的街名与门牌号既是我中篇小说《后窗》的原始场景之所在，也是我的长篇小说《上海人》和《长夜半生》变形场景的想象依托。而这一次，它之所以又会重新落墨在我稿纸之端行的原因是：那里变了。变"未来"了，变得更现代更二十一世纪了；同时，那里也变"过去"了：上世纪五十年代之初的种种风貌情状，拐了个大圈又绕了回来。当你再度行走于其间时，你的感觉恰如我在《后窗》里所描绘的那般：少年，少年你就在我身边吗？

　　唯这一回，我决心不再将它虚构化了。我要把它的本貌、原貌和实貌呈现于我的读者面前。即：讲的是同一只故事，写生的是同一片树叶，但却从不同的观察和作业角度。这无疑会对我的叙事能力构成一次新的挑战，但它是有价值的：就像3D影像那样，记录同一个时代，假如能从越多不同的角度，借助越多不同的记忆投影，采用越多变幻莫测的叙事手法的话，被写生之物必然会显示出越立体的视觉、听觉和触觉效果，从而也越可能让我们的后代读者更易于进入到我们曾经生活过的世界中来。而这，不正是一切文学创作追求的本意之所在吗？

记得我在一篇小文中曾如此形容过我的旧居：门前一条河，沿河一条街。其实，说得再细致一点的话，那是一条用不规则的花岗岩方石块铺砌出来的街道。这种被上海人称作为"弹街石"的马路是件让童年时代的我窃以为耻，视作为恼的事儿。这种记忆源自于几乎所有上我家来造访的亲友进门说的第一句话都是：

"哎唷唷，吃勿消，黄包车只要一落哈尔滨路桥，就铿铿咣咣，一路颠到此地块。震得只屁股掰还酸煞脱了 —— 吃勿消，吃勿消！"

后来，这种"弹街石"路面，我在意大利的罗马和佛罗伦萨两地都见到过，异国人族将它们保存得优雅，古朴，乌黑光亮。高大的双轮仿古马车，在上面蹄跶而过，时光仿佛倒回去了十六世纪。当然，我家门前的那条"弹街石"是绝对无法与之相提并论的，一是石块的开面，二是石块的色泽。先说开面，高大俊朗的欧裔人种使用的石材就如他们的体魄，每块至少有我们的四倍强。如此石材铺成的道路自然更美观，更整齐，更易于打理。至于说石块的色泽，我家门前那街的街石呈黄褐色，而非黑色。这，可能是因了时光的缘故。这一带当年是日租界，这条当年叫"荻思威路"，解放后才易名为"溧阳路"的马路，最远也就建筑于我出生前的五六十年光景。还没来得及能让时光将其打磨出佛罗伦萨式的乌亮色之前，它早已被彻底地掘起，铲平。换成煤渣屑

路面了 —— 那是在大跃进年代间的事。倒是到了改革开放后的今天,它又改观了。它被浇灌上了柏油,一抹平整,成了一条与南京路、北京路和四川路也没什么两样的正规马路。现在别说是黄包车了,就连轿车驶过,也轻盈如燕,没什么大动静了。应该说,一切都尽美尽善了,缺憾就在少了那点儿怀旧感。当这世界上的一切都现代化之后,旧观反倒成了人人都在怀念的一种稀缺物了。看来,曾让童年的我暗自羞恼的那条"弹街石"路面,也只有让它保存在记忆场景之中的份儿了。

　　说上溧阳路了,那就索性沿着它弯弯曲曲的路程再扯多一段。

　　溧阳路,这条在东上海,除了四川北路之外的另一条长街(父亲老喜欢把"四川北路"叫作"北四川路",他们那辈上海人都这么叫 —— 非将两个字调换过来读不可,也不知是何故?纠正他好多次了,他点点头,但还照旧。比方说到四川北路天潼路口有家卖广式烤鸭店叫"广茂香"的,味道如何如何好时,他又搭上"北四川路"了。我说,爸,叫"四川北路"……他说,"北四川路"与"四川北路"又有啥两样? 我想,倒也是的。

只是于我，每次听他这么一叫，我的心理年龄就会自动减缩了四五十年），之所以不太引人注意，是因为它"退居二线"，比前者更低调，更不显山露水罢了。溧阳路南起东大名路，北接"司考特路"（今山阴路），一路逶迤十数里地。走笔至此，必须先插入一段旁白，否则的话，非但"此路不通"，连此文也都欠通了。今日的溧阳路，待五十年后的我再自南往北走多一遍时，发现，好端端的一条路怎么就被"腰斩"了呢？

南端的溧阳路沿河走到新嘉路时，便渐渐失去了踪迹。宛如一条人迹罕至的小径，导入了密林深处。路，越走越窄，行路人之心也越迷茫。终于，前途被丛丛荆棘挡住了去路。当然，这只是个比喻，大城市中心哪来什么密林和荆棘？挡住去程的是一座高架桥，穿过桥洞，发现，这里已不再是溧阳路了，而是四平路。但你不必灰心 —— 不必！你要继续你的行程，在这车水马龙的四平路上至少再坚持多二十分钟的行程。在一个岔道口上，凭着记忆，我转左。就发现眼前豁然开朗，梧桐树与法国老洋房的街景又出现了，它还叫溧阳路，非但叫溧阳路，而且还是我记忆中的溧阳路。我感觉释然的同时，不由得也生起了一缕怨愤之情。对于我，这么个有着浓重"溧阳路"情结的人来说无疑是一大打击："腰斩"，这种古代极刑，怎么也摊上溧阳路了？然而，有一点可以确定，如此"截肢"方案，肯定是一位对溧阳路毫无情感基础可言的设计人员之所为，但无可奈何，这便是今日溧阳路的存在现状。

南溧阳路，宅所稍显简陋，地段也略见偏僻。只是因为有水为邻，故沾了点灵气。北段则梧桐高大，树荫浓密，街面宽阔。

两旁的红砖洋房，藏身在树叶丛中，乍隐乍现。那一带曾聚居过不少文化名人，诸如鲁迅、茅盾、郭沫若、丁玲、叶圣陶、冯雪峰、沈尹默等。因而，也成了当地政府的一大文化历史的宣传亮点，所有这些情景，在我的中篇小说《叙事曲》里都有过忽隐忽现的落墨与着笔。

其实，当年的溧阳路之延伸段应当是终结于东上海那座著名的公园 —— 虹口公园（现改名为"鲁迅公园"），才算合乎情理。整片公众场所以人名来命名，合适与否？值得商榷。或者哪天又会改回来也说不定。中国的事情不是经常如此？地名路名场所名，盛了改过去衰了又改回来，此乃家常便饭。因为那里才是当年市区的边缘，再过去，便是田园、小河、木桥的一派郊野情调了。

说是说郊区，但那还是近郊，故仍是有路可以通行的。且路还有路名，叫靶子场路。上世纪四五十年代，那里是"当当当"的一路和三路有轨电车的终点站。我对这条路名记忆特别深刻的原因，除了父亲任教的那所学校就在附近外，那儿还是我们过剩之童趣能得以宣泄的一好去处。我们跑到那里去粘知了，网蝌蚪，抓蟋蟀，钓鱼捞虾摸田螺，名堂多得一箩筐。对于常年生活在城市里的孩子们来说，正如毛主席所号召过的，那里是一片"广阔天地，大有作为"的地方。

那里除了田野河浜外，还有几家占地相当广阔的厂房和堆栈 ——《后窗》小说里的那段木栈堆上偷情的场景和情节，就是凭着这些童年的记忆碎片拼凑而虚构出来的 —— 还有，还有就是那里有一个半塌了的土堆。说是说土堆，那只不过是在

作者摄于15岁，时念虹口中学初中二年级

我们成人眼中的某种判断。对于那时只有八九岁的顽童们来说，那已是一座小山，一座像模像样的山丘啦。我们攀枝扣泥地爬上去，再俯瞰下来，一下子，什么都躺到了脚底下去，让人恍然生出一种"一览众山小"的成就感来。

土堆夯得很结实，黄泥的土壁面上布满弹孔。土堆的附近，有时还能见到半截破布衫或一只脱了底的胶鞋之类。听大人说，那里是上海解放前后，枪毙革命志士和解放初期镇压反革命分子的刑场。土堆无言，只是前排站立者和后边持械人互换了个位置。这叫什么？这就叫历史！

我们爱去那里的另一大原因是那里藏着我们的"淘金梦"。我们翻砖扒土，蹲身在那片荒无人迹之地作业老半天，运气好时还能"出土"几颗黄铜或紫铜的弹壳来（现代上海俚语中，所谓"扒分"一词，会不会就出于此？——题外话）。那不发财了？解放之初，物资匮乏，凡铜类制品送去"废品回收站"，准能卖个好价钱。换两支棒冰，决不在话下。搞不好买它块小号的"紫雪糕"，也不是件没可能的事。

　　"靶子场"的今天变成了虹口公园的一部分。公园的扩建工程于一九六〇年完工。完工后的公园面积增加了一倍。"靶子场"的荒地合并了进来，从前的黄泥堆索性扩基加高，遂变身成了一座含有人工瀑布的假山。假山之上林木葱郁，假山之前一片宽阔的湖面和草坪，如今被公园当局命名为了"花果山飞瀑"的公园十大景观之一。而草地则成为了"广场大妈"们舞肢放喉的集聚地。日子如此幸福而陶醉，有谁还会，还愿，去想象身后那座假山阴森而又令人心碎的前世故事呢？

东上海的前世今生

从此，那凄凉的哭声，那支在水面上晃动着的苍白的手臂便埋在了我童年记忆隐秘的深处，且总还会不期而遇地跑出来作祟我一下。

二

　　溧阳路走到尽头，都去到"靶子场"了。复绕回来，再回到南溧阳路，溧阳路687号。六十七年前，我便出生在这栋日式小洋楼里。每次一提及这个熟悉不过地址的同时，记忆的细节复叠细节，就像是从波斯魔瓶里突然被释放出来的一团巨大的阴影，迅速地将我整个儿笼罩住了。但慢着，我的创作习惯是：越是想要说的，就越要先压住它。遂让一种持续的焦虑感缓缓地折磨你，让所有这一切都保持在一段可望却不可即的距离之外。这叫什么？叫痛苦，也叫幸福，这是作家在创作时，一旦进入到了某种状态去后的"病态"心理。

　　前节说了：门前一条河。那就先说河吧。这条"河浜"（上海人叫河不叫河，而非要在其之后缀上一个"浜"字）的正式名称，我也是六十多年后的今天才明确得知的。这是从当地政府竖立在河堤边上的一块木牌上读到的：虹口港。清光绪年间命名。

河流长约三十华里，流经宝山、罗店、大场、蕴藻浜和横浜桥，再经百老汇路（今东大名路）流入黄浦江中。它是当年上海的一条重要的水上交通枢纽。可能是因为早已被纳入了上海市政府河流改造总体规划蓝图中去的缘故，今日的河里早已不见了一切过来去往船只的踪影。河水缓缓地流动着，波光粼粼，泛浑浊的赭绿色。两岸花岗石铺砌而成的休憩闲步长廊上绿荫婆娑，点缀着石凳、板条长椅和仿古式的路灯。倒有点儿巴黎塞纳河畔的风情了。这与我记忆最远端的它的模样不尽相同，但怎么说，都有点儿"场景再现"的味道。

五十年代之初，至少在我童年的眼光中，它是条够阔绰的大河。在看《上甘岭》电影，听到那首插曲"……一条大河，波浪宽……"时，我就想到自家门前的那条河。当然，这是童年时代的我的联想，歌者唱的不是长江便是黄河，绝不可能与虹

虹口港的部分河段

口港扯上任何关系。那时的河水是泥黄色的，河里堵满了乌篷船。六十年代之后，又多了一种叫"水泥船"的家伙，居然水泥（即水门汀）也能做船？还能浮在水面上行走！这不仅令乡下人，就连城市人也大开了眼界。该种船的船身两头成锒行，硬度又超强，故不怕在河中横冲直撞，把老实巴交的乌篷船都挤到了水道的两边去。

　　这些来自市郊乃至于外省的船只们运来的通常都是些农副产品、手工艺编织物和当地的一些土特产。后来才多了些运黄沙和砖石之类的船。农民们将自家砖窑中烧制出来的方砖运到上海来，卖给上海的建筑部门。顺便，掏空了的船舱也能将上海的粪便捎回乡下去当肥料。而这，又正好是上海密密匝匝民居中每天清晨的盛产物。为了促使这项城乡交流，将"缩短三大差别"的工程办好，办妥，办得更有实效，五十年代末期，溧阳路对岸的九龙路上竟然建起了正规的粪码头。每天早上，就有人工吊臂将一车车装得满满的粪车吊得老高，然后倒转，开盖，"哗"的一声巨响，金黄色的瀑布就都泻入了船舱里去。我还记得，吊臂是用定滑轮和动滑轮的原理制造出来的。当年初中上物理课时，还有老师专程带领着我们去"粪码头"参观过，由当值的老师傅替我们讲解其操作原理。

扯扯就扯到六十年代去了，再扯回来。在五六岁的我的眼中，"虹口港"当然不是那样的。褐黄色的"弹街石"路面一直铺过去，止于河浜的边上。将路面与河面隔开来的是一根根粗糙的水泥石柱，两米来宽的间隔。石柱端底各有两圆孔，之间，一上一下两股粗麻绳，荡迁荡迁在河的边上，就算是拦河坝了。只是那麻绳粗糙，石柱也粗糙，弄不好，就可能在我们小孩细嫩的手肘、脚踝和膝盖的皮肤上磨出几条血痕来。好在我常年生活在街的另一边，河边是不常去的。几成原因还有母亲老会正色于我道：

"小囡河浜边上是去勿得的，当心被落水居（鬼）拖下去！"

一句话，害得我晚上还老做噩梦。

说到"落水居"，真还勾起了我童年的一次亲历事件的记忆。不知怎的，那情那景，记忆竟会如此深刻，深刻到了我中老年的今天，只要一有联想的触及，其中的细节，便又会历历在目多一回。约莫是在一九五五年前后的一个深秋的午后。我正一个人站在三楼露台的栏杆前发呆，想心事。家门前的那条窄窄的人行道上，栽种着一排细叶白杨，而家家户户小庭院里的树枝又从围墙后探出头来，将路面交错成了一条小小的林荫径。在这深秋的弱阳里，树叶都已凋零得差不多了，留下几片枯叶还吊在枝头，在寒风里摇摇欲坠。

突然，一声尖厉的叫喊声划破秋空：

"有人掉下河去了 —— 救人哪！救人哪！"

我探头望去，只见乌篷船围成的河水中央，有一圈涟漪，正把沉重浑浊的黄泥水向外推展开去。几个船家打扮的人，站立在船头，神色慌张，不知所措。时光仿佛在这一刻凝结住了，一如人的心情。就在这时，一只苍白年轻的小臂连手掌"腾"地伸出了水面，五指张开着，小臂则拼命地在水面上挥动。

"在那里，就在那里 ——！"有人叫喊着，一个猛扎，便从船头跃入了水中。还有几个也跟着跳下了水去。仅半袋烟的工夫，拯救者们便一个个自下河去的石梯上垂头丧气地爬了上来，水从他们的灰布袄和发梢上一个劲儿地往下滴。在凛冽的寒风里，他们瑟瑟发抖。尽管如此，他们还都把自己脱了个精光，将衣裤鞋袜用力拧干了，再摊到弹街石路的阳光里去 —— 而溺水者就始终没能寻到。

尸体是在隔了一日之后，自行浮上水面来的。让人给捞了，摆放在了河浜石梯的踏级上。用半截草席将之遮了遮，但又遮不全，尸体的头手脚都还暴露在外。那一日，我记得我的那些弄堂小玩伴们一个个兴奋莫名，但又神情惊怖。奔走相告说：

"快，快看死人去 —— 河浜边上有死人！"

大人们则聚拢在弄堂口，谈论着这一事件。他们又是摇头又是叹息，说：

"这都是命中注定的啊，不死在乡下，偏要死到上海来 —— 乡下又不是没河浜……"

七八岁的我，经不起好奇心的撩拨，虽然怕哟哟的，但还是跑到石梯边去望了一眼：酱红色的皮肤，浸泡肿胀得像半截煮熟了的莲藕。面孔则呈灰白色，两眼仍没闭上，睁得老大，仰视着自秋空中漂浮而过的朵朵白云 …… 看上去，这还是个十四五岁的大男孩。但在农村，到了这个年纪上的男性，便已当个劳动力使用了。他跟运砖船来了上海，冷不丁就发生了这么个惨剧 —— 当然，那些后续故事，我也是从弄口大人们的谈话中捡拾到的一二。

后来，他乡下的母亲闻讯赶了上来。这是个包着青白花布头巾的，高大粗壮的中年农妇。她一来到，便当着围众者们的面，猛地扑倒在了那具湿淋淋的尸体上，哭得呼天抢地。她又捶胸又顿足又扯发，口中呼喊着一些含含糊糊的语句，是否莫辨。她就一直这样地哭了下去，跪在草席的边上，头巾也掉了，披头散发。（后来，当我在中学堂里念到鲁迅的小说《祝福》时，我才记起，原来那个形象不正像找到刚被野狼掏空了内脏的阿毛时的祥林嫂啊！）天色暗下来的时候，众人开始散去。她还待在那儿，哭喊。夜深了，哭声渐渐地低沉了下去。那哭声断断续续地，随着晚风飘散了开去，并从那扇虚掩着的百叶长窗中渗透进屋里来，让那个始终处于半寐半醒状态中的我，苦挨了整整一个阴森而又悸怖的夜晚。从此，那凄凉的哭声，那只在水面上晃动着的苍白的手臂便埋在了我童年记忆隐秘的深处，且总还会不期而遇地跑出来作祟我一下。就像现在，当已步入老年的我沿着恍若塞纳河畔的虹口港行走而过时，那些记忆深处的细节似乎又在蠢蠢欲动了。我记起了那位可怜的母亲，还有那颗悲惨的年轻的灵魂，它还留在了那缓缓流淌而过的赭绿色的河水之下么？

东上海的前世今生

三

甭说人了，就连河，也有"河生轨迹"。五十年代中后期，不，有些事，应该已经是站在了六十年代的门槛上了。大跃进小高炉的时代虽已结束，但"十五年赶超英美"，豪情未了。中国式的工业革命浪潮方兴未艾。区有区的，街道有街道的，就连居委会，也有居委会办的里弄加工厂。临河的大栋一点的民宅都被征用来当厂房使用。一来出货方便，二来，废水废气废渣随出随排，方便快捷。这一来，那条在光绪年间便已命名了的"虹口港"可就遭了殃了。连带遭殃的还有住在它沿岸的居民们。眼看着河水一天天黑下去，臭鸡蛋味一天天升上来。曾经的泥黄色河水则日更一日地变为了留待追寻的"美好回忆"了。夏秋之交，由于河水中的鱼类灭绝之故，虹口港遂成了天然的孳蚊基地。大团大团黑色的蚊群袭来，把我们这些个小孩追咬得满头满腿的大红包 …… 这是童年进入少年时期，我的最黑暗的记忆之一种。

这河水一黑，就一直黑到我离开上海去香港定居。再回上海来时，就听说有个"苏州河治理工程"就快上马了。还说，这回市里是下了大决心的，就是花再高再大的代价也要让"苏州河水变得清澈起来"。老实说，当时我对这话是有点儿嗤之以鼻的，想，改造苏州河？别再把它搞得更糟更臭些就算不错啦。但后来，居然步步事成！而且，这项伟大工程所涵盖的除了全市人民的母亲河苏州河外，还有我家的那条母亲河：虹口港。就这样，年复一年，非但苏州河水旧颜换新貌，就连虹口港也沾了光，变成了我在文章起端时所描写的那般，带上了点塞纳河畔风情了。

写书、说书人常用的一句转接语是：话分两头。套用一下，我现在的是：路分两端。刚才说的是一端，北溧阳路一直延伸到虹口公园，靶子场。此回朝南去。其实，以我家为出发点的南溧阳路，路段不长，过不了几个街口，就能抵达其终点：东大名路溧阳路了。而虹口港也就是从这里汇入黄浦江的。当然，那个汇接处的真貌，我，不是说我，就是所有住在附近的居民，谁也没曾真正见识过。原因是：溧阳路在过了大名路（即百老汇路）段后，便告断流（河不断流，路"断流"）。之后，连河面带路面都被一家类似于机构模样的大家伙给统辖了。上世纪六十年代，之上架着钢骨桥梁；一旁，厂舍窗户紧闭，马达声"突突"，有点神秘兮兮的感觉。直到几年前，我再到童年生活地悠转悠转，信步就走到了路的尽头。发现现在那里是一道水泥的闸坝，若干粗细水管跨越河道而过，神秘感消失了。一旁还矗立着一幢楼高二十多层的玻璃幕墙身的现代化建筑，挂牌曰：上海市船舶航道管理中心，诸如此类。其间乾坤之巨变，我也只能道出个头尾来而已。故此，当年虹口港中的各式乌篷载物船，即使行驶得再深入，也是"此路不通"，还得原地掉头，从哪里来回哪里去。

说起船掉头，又有了些故事。那河一日两次潮汐，迅来迅去。而沿河虽多桥架，但桥窄，坡坦，桥洞又低矮。潮涨时分，欲抢时穿越者，被卡死在桥洞下的个案时有发生。届时，"咳唷唷"的拉纤声，高一浪低一波地此起彼伏。这真是个分秒必争的时刻哪：水位一分一秒地往上涨，船身则越压越紧，越压越扁，而绝不可能是相反。已"全身引退"了的前方船家，见状，便又将船折返回来，将锚倒钩在了被卡船只的甲板前沿。三股力合成了一股：前拖，后撑，掌顶桥拱之内壁。运好时，卡船能被成功获救。于是，筋疲力尽的船夫们便一个个笑眉逐颜，将短布衫的下摆高高撩起，擦着满头满脸淋漓的大汗，一副"刚才好不惊险喔"了的模样。但更多时，是险情愈演愈烈，眼看就无救了。于是，一片苏北话的咒骂声便开始响亮了起来：

"嘞死你妈妈的，要船不要命哪 ——！"

但最终，还是要命不要船。于是，人便一个个地弃船而去。船上人一般都以篷船为家，此刻，一家老小坐在河滩的石梯级上，眼巴巴地看着自己日夜栖身的"家"被压扁压碎，然后下沉。待到河水开始退却时，才见到有一块块的碎船板开始浮出水面。而这时，哭声可又升了起来：大人小孩，一个个哭哭啼啼，抹眼泪擤鼻涕的。人，虽说都还完好无损，但没了家，没了生财器具，今后的日子该怎么个过哇？！

沿溧阳路往南走，一路上虽乏善可陈。但还是有一两处亮点可供开采一番的。其中一处，就是父亲老叫它作"杀牛公司"的地方。这座灰褐阴沉的钢骨水泥建筑物，是一九三三年由德国建筑师设计和建造的。而于其建筑之始，它就已被誉为了"远东第一屠宰场"。当然，当年的世界是无法想象到原来德国人建造"屠宰场"是有天分的。第二座举世闻名的屠宰场建筑在奥斯维辛。只不过前者杀牛（后来也杀猪），后者杀人罢了。大半个世纪过去了，后者变成了历史陈迹的参观地。前者则办成了一家叫作"老场坊1933"的Shopping Mall。灯红酒绿，霓光闪烁，通宵达旦，倒也应了上海这座"不夜城"的称号。

既然说到了"老场坊"的今生，总免不了要讲一讲"杀牛公司"的前世。这，又与我家门前的那条"弹街石"马路扯上关系了。小时候常见的一幅情景是：一队队鼻孔被环牵着的牛群从

"弹街石"街面上踏过。其景况,有时真有点儿惨不忍睹。牛群来自何方,我不知晓,但无论它们从哪里来,只要一踏上这段"弹街石",就算是在走完其"牛生"的最后一段路程了。

牛群们似乎也都知道,是它们从那座阴森的灰楼里嗅出了同类们的什么气息来了呢,还是什么? 我说不上。反正,只要一过哈尔滨路桥堍,牛群们都一只只犟在了那儿,说什么也不肯朝前迈一步了,"哞哞"的牛叫喊声交响成一片。赶牛人于是就动手去拉扯穿孔在牛鼻中的细麻绳,牛儿们无法,只得亦步亦趋朝前走去。有时,你能见到黄豆粒大的泪滴从牛儿的那对

前身为杀牛公司的老场坊1933

忠厚的大眼眶中淌下来。小孩无知，见此情形，便叫道：

"快，快去看，那牛哭了！"

还有时，牛的前蹄会突然跪倒在石街面上，像是在向人祈求给予它们以过完其余生的宽宏。但，这又有啥用呢？赶牛人早就熟视无睹了这类情形，他们自有一套对付牛的办法。他们抽打着牛儿们，让它们起身，再牵着往前走。长大后，读了些历史教材，老会去想象，那些被纳粹法西斯送往毒气室的犹太人，当他们走在那最后一程从囚房到毒气室的沙砾地上时，他们在想些什么？求生，既是人的天性，也是牛的。有一回，这是我亲眼所见的，一只被扯破了牛鼻孔的硕大无比的黑水牛，发狂似的冲过了哈尔滨路桥，一直朝武进路方向狂奔而去。这下可慌煞了那些赶牛人。他们前堵后追，左抄右包，好不容易才把那狂牛给控制住。为此"一牛"，人们竟然花费了"九牛"外加"二虎"之力，才将它重新拖回到"弹街石"路面上来……

三年自然灾害期间，不知怎的，忽然就不见再有牛群来了。"杀牛公司"变身成了"杀猪公司"。一卡车一卡车，"嗷嗷"叫唤着的白毛黑毛花毛猪自煤屑路面上臭烘烘地驶过，扬起半空的沙尘。不一会儿，"杀猪公司"的门前便排起了长队。热气腾腾的猪内脏，一般都是我们这些"近水楼台先得月"的街坊们的优先购买品。货色新鲜不说，价钱还便宜。最重要的是：在这物资匮乏的年代，它能让你有东西买到，吃到。为此，河浜斜对面，还专门开办了一家猪油炸炼厂。每日下午五时许，成桶成桶的废油渣倒出来，被一早就守候在了厂门口的，提罐拎桶的大人小孩们抢了个精光。少年时代的我，也曾加入过争抢者的行列，且边抢边往嘴里塞。那猪油渣，香喷喷热腾腾油漉漉，油水顺着喉壁一路滚下肚去，那滋味之美啊，恰似整片干枯的肠胃于瞬刻间都得到了滋润！只是后来，父亲知道了此事，把我叫去训斥了一顿，从此便不敢再去了。

我就是怀揣着这些童年和少年时期的记忆碎片，在我六十七岁的今天，第一次正式跨进了"杀牛公司"，这座冷灰而又阴森的建筑物的。此刻，我已驻足其中。放眼望去，只见楼芯中空，盘旋式的石梯，一边厢走屠夫，另边厢赶牛群。楼廊环周，一层、二层、三层、四层，多见 Steak House（牛扒屋）和 Spaghetti（意式餐厅）。当年杀牛之地，今日又换了副刀叉吃起牛肉来了。只是牛扒屋的生意看上去似乎都不怎么好，一副门可罗雀的冷清样。一见有人自门口经过，便立即有衣着性感的带位女郎趋上前来，说：

"进来尝尝啦，老板，我们的牛排保证全部从日本神户进口，最上等的……"

但，还是少人光顾。事实上，整座商场里就没什么人气。阴冷的色调，阴冷的氛围，阴冷的历史，站在那里，不知为何，总感觉到有股子阴气逼人来。是啊，那年复一年被宰杀了的群牛们不散的阴魂，它们会甘心吗？它们能让你生意做得红火吗？

初夏的晌午，人昏昏欲睡。队员们集训时嘹亮的口令声不断地传入到寂静的课室中来，遂令困顿的大脑皮层不间断地亮起了一盏又一盏的红灯，集中思想，注意老师在讲些什么。

四

"路分两端"说了，这回取个"桥分两边"吧。

六十多年后的今天，当我驻足于那幅竖立在溧阳路沙虹路街口上的地形平面图前时，我感觉自己漂浮了起来，然后再俯瞰下去。三面环水，我这才发现：原来自己生活了三十年的那方土地竟然是一座半岛；假如再算上几条街后的黄浦江的话，那简直就是一座十足的"城中岛"了！这发现，不仅让我感觉惊讶，更增添了点"大彻大悟"的意味。这岛，现在被当地政府命名为了"音乐谷"。哪来的"音乐"？又何来"谷"称？我则有点儿丈二的和尚摸不着头脑。但别管他那么多，音乐谷就音乐谷呗，反正现在的潮流就兴如此。扯不扯得上边的，挂不挂得上号的，都要与文化艺术，名人轶事什么的套个近乎，才算有"含金量"，才能成其为一个有"内涵"的景点。至于合不合适，叫久了，不就合适 —— 不，应该说是"适应"—— 了？

就以我家门前的那条"弹街石"的街道为前沿阵地，其中包含了"老场坊1933"、"老洋行1913"、"半岛湾"（Peninsula Bay）等一扎文娱、休闲、购物、旅游的场所与设施。然而，根据平面规划的蓝图所揭示，"音乐谷"所覆盖的范围还远不止此，还有更大的扩张打算：东到海伦路，西贴武进路；南靠周家嘴路，北临四平路。将来的二零某几年，老×行、老×场、老×铺、老×店、老×坊的名堂招牌应该挂得林林总总，到处可见，才对。

但，此刻的我的感受却都是围绕着水、河、桥、岛这些字眼在打转的。倚老卖老的人喜欢向后生们炫耀的一句话是：我吃的盐比你吃的米还多，我走的桥比你走的路还长。比起我的同代人，真的，我走过的桥比他们走过的是要高出了不知有多少倍来了。出门办任何一桩小事，买瓶酱油打罐醋，也得先过了桥才行。不是哈尔滨路桥，就是嘉兴路桥；不是嘉兴路桥就是溧阳路桥；不是溧阳路桥就是鸭绿江路桥（现在叫周家嘴路桥）。还有东汉阳路桥、东长治路桥、东大名路桥。桥桥桥的，桥走惯了，早已把它当路来看待了。殊不知，自己从学会走路的那天起，就已不停地在这时光之河的横断面上渡过来又渡回去，那种隐喻是很有震撼力的，尤其是在年岁日增的今日之我看来。这种日积月累的生命暗示，不知对今后成全我为一个作家是否有某种内在的关联呢？ 说不上，也说不定。

桥分两边，那就先说哈尔滨路桥吧。是的，就是前节说到过的那头被撕裂了鼻梁的黑水年狂奔而下的路径。这是哈尔滨路的西段，尽头与武进路相交。一旁，一排四层高，姿态雄浑

沈家湾救火会全景

的灰色大楼便是我的母校：虹口中学。在这排北侧楼层的某一间之中，至今还保鲜着我的一段毕生难忘的经历。但还是那习惯：越想说的越压下不说。我们暂且旁经它而过，去到哈尔滨路武进路口上，你的视野会在那里豁然开阔，原因是那里有一座虹口区政府引以为傲的历史性保护建筑：沈家湾救火会。

　　"懂经"之人一听"救火会"这个名称，就知道这一定是座英式建筑。因为只有在英美两国，人们才把这种火灾应急机构唤作"救火会"——这是个历史遗留下来的名称，沿用至今，包括了百多年前上海的租界区。这座建造于1907年间的老建筑的珍贵之处在于：以其建筑特色而言，就是在它的起源国也再找不出照式照样的第二家来。这能不叫当地政府拍着胸脯吆喝一番吗？

　　但沈家湾救火会与我有关联的童年记忆是：我与我的同学们每天一清早都要在救火会门前的那片宽阔的空旷地上预先聚

合，然后点人数，然后列队，然后便前往学校上课去。那是一九五七至一九五九年间的事，我念高小。而我就读的那间本来位于九龙路上，虹口中学侧旁的虹口区第二中心小学，迁址去了吴淞路塘沽路那一带。班主任老师不放心单个同学每日都要横过几条交通要道，于是便想出了这么个让住在同一地段的同学们集合成队，结伴而行的方法。武进路小队，海宁路小队，塘沽路小队，还有就是我们的哈尔滨路小队，从各个不同的方向汇流到学校去。八时整，铃响，上课。

我任小队长，挂一条杠。同学们到齐后，便由我带队，十多人尾随，一路上唱着"少年先锋队"队歌，精神饱满，鱼贯而行。说到任小队长，再加多几句旁白。从小学到中学，我的最高"官衔"也就是中队什么委员，挂两杠。这是学生中的"科级干部"。难怪母亲老说我命中无官禄，父亲则不以为然，道：

"什么官不官禄的，无官一身轻。再说了，一朝天子一朝臣，当官风光的背后隐藏着杀机！人生哪，平安就是多福了。"

现在自己也老了，而父母也早已离我而去这么些年了。回想起来，无论是母亲的预言，还是父亲的喻示，都不无道理。

五十年代中后期，上海生活宁静。路上行人也不多，而人与人之间的关系中，那种友善之遗风尚存。行人们见到了一队戴红领巾的小学生经过，都笑眯眯地望着我们。而制服雪白，领章鲜红的警察叔叔远远见到我们来，便将手中的指挥棒做出了一个大弧度的直行动作，所有的车辆便都停了下来（那时，好像还没交通灯这玩意儿，当然，就更不会有那种由电脑来控制的交通灯啦），待我们过了马路后，交通才恢复了正常的往来。

兰葳里

后来写《长夜半生》，写到小湛玉过马路去"复兴别墅"的舞校上课时，记忆中的那幅场景又浮出了水面，遂将其安在了湛玉的身上。

下午放学也一样。一抵达"救火会"门前的那块空地，由我喊了声"解散"！大伙儿便一哄而散，各自走各自回家的路了。

当然，"救火会"之于我的记忆还远不止这些……

更年幼些时，不管是从上海的哪个角落：大马路，二马路，三马路，四马路，还是人民公园跑马厅，只要一登上人力车，父亲就会向拉车夫喊一声：

"沈家湾救火会！"

对方："哎，好嘞——！"

便拉着车把，头也不回地径自往前跑了去。一直到渐近哈尔滨路时，车夫的脚步才开始缓慢了下来。他在等待乘客的进一步指示。父亲道：

"哈尔滨路荻思威路，下桥右转，第八家门口停。"

　　再一声："好嘞！"眨眼的工夫，我们便到达家门口了。

　　"救火会"之另一记忆是有关声音的。消防队员们的训练场地恰好与虹口中学的教学楼相毗邻。初夏的晌午，人昏昏欲睡。队员们集训时嘹亮的口令声不断地传入到寂静的课室中来，遂令困顿的大脑皮层不间断地亮起了一盏又一盏的红灯，集中思想，注意老师在讲些什么。哪天，队员们另有任务，停练一天，那个下午便不好过。瞌睡虫说什么也要爬出来作下祟。其他倒是不怕，怕就怕老师突然点到你的名，让你站起来回答问题，而你却连他问的是什么也没听清楚 —— 这种如同"芒刺在背"的尴尬情势，我就亲身经历过好多回。让我记忆深刻。

　　东哈尔滨路是指位于哈尔滨路桥和嘉兴路桥之间的那一段路。我家的前门虽开在溧阳路上，后门却在哈尔滨路上的一条叫作"兰葳里"的弄堂里。弄内多为旧式石库门房屋。五十多年后徜徉其间的最深印象是：那排屋与排屋间的距离之仄窄，着实叫人惊诧。以今日盛行的胖子的标准来衡量，似乎两胖子并行通过，其中必有一个要被挤扁了去。而屋宇更见颓败。但无论如何，这里仍是我的小说《后窗》的原始取景场地。我家的后晒台正面对着整片弄居的屋顶，十四五岁年纪上的我"老喜欢站在晒台的那排粗糙的水泥栏杆前，望着后弄堂那一排排褐红色的屋脊和一扇扇挂着花洋布窗帘的后窗，发一阵呆"。

　　每次，我的叙述都是自溧阳路的前门走出，再前后左右地展开去。这回变他一变。我尝试着从后弄堂里走出来，走上哈尔滨路，然后往东去。但当我走到弄堂口时，我站住了，因为这里有一家"老虎灶"。泥壁的大灶头，一口大铁锅里永远有白浪浪的沸水在翻滚。

那年代之所以会有"老虎灶"那门子行当，这是因为家家户户都烧煤球炉。而用煤球炉催开一铜吊水，往往需时颇长。有时急用起开水来，诸如夏天洗澡，冬天充"汤婆子"，还不如直接去"老虎灶"，打它两瓶热水来更省事。

"老虎灶"的老板娘是个肥胖黝黑的女人。别看是女人，一只手钳几壶藤壳的暖水瓶不在话下。另一只手则握一柄巨大的钢钟勺子，勺子探进沸水里，舀它一满勺，再连灌带漏地，"嚓嚓嚓"地几下翻合动作，水瓶便告满载。

"嘿 —— 来！"她将按上了瓶塞的热水瓶往大灶边上那么一放，顾客们便同时向柜面上"叮当"出几枚碎银来，提壶离去。

然而，父亲则老吩咐说，"老虎灶"打来的水只能用来洗涮，喝是喝不得的。你不见大铁锅底上残留着的那些"么事"？……

"啥么事？"一则出于好奇，二来我与老板娘的儿子"汰鼻涕阿三"是很要好的小玩伴，常能去他家玩。有一回，"老虎灶"提早打烊。炉火熄了，大铁锅里的水也舀得差不多了。我探头望去，只见锅底真是有一层黑乎乎的沉淀物。我问阿三：

"这都是些啥啊？"

阿三道："苍蝇、蚊子、蟑螂、飞蛾，式式具备 —— 有辰光还有老虫（鼠）。"

"啊！——"我大惊失色，"怪不得我阿爸常讲……"

"讲啥？"阿三他娘插上嘴来。

"讲……讲……讲你家打来的水喝不得，不干净……"

"不干净？喝不得？"老板娘闻言，大不以为然，甚至还有点愤愤不平。她顺手将锅底上那些已煮得稀烂且发白了的"么事"舀了小半勺上来，用手指拈了些，放入口中。"咕咚"一声就吞下了肚去。说：

"你看我吃了会拉肚子，还是怎么样的 —— 哼！"

她当然不会拉肚子的。后来我才了解到，那些飞行的小动物大多都是当大铁锅揭盖时，被强大的水蒸气吸入锅里去的。经沸水煮了又煮，哪里还会有什么残存的细菌？看来不是老板娘在表演魔术，她还是蛮有点科学常识的。

只是胖老板娘的老年凄凉，结局更有些悲惨了。上世纪六十年代末七十年代初，"文革"期间，老板娘罹患了晚期肝癌。"老虎灶"早因管道煤气接进"兰葳里"，而告关门大吉。店堂的正房被新婚的小三子占用了，老板娘没地方睡，被抬出屋外，放在了过街弄的拱檐下。几条排门板，一挂塑料帘，每天她儿子给她端些米饭汤水来，让她在那里自生自灭。弄堂口人进人出，老邻居们个个都认得她，见她那副模样，有人丢去嫌弃的一瞥，有人则同情地多望她几眼，哀叹一阵。当塑料帘拉开时，我也见到过她。人骨瘦骨瘦的，而腹水充盈的下半身却又膨胀得像个孕妇。她脸色蜡黄，浑浊的眼珠呆呆地望着我，正如鲁迅在描写雪地里乞食的祥林嫂那般，"只有当它偶尔转动一动时，才表示这是个活物。"最后，终于等到了那一天，那一天僵直在了排门板上的她被火葬场"啵啵"的收尸摩托车给载运走了。自此，排门板拆了，塑料帘也摘了，弄堂口自然宽敞不少，但也失落了些许。

我心老游荡在它五十年代的岁月里。一有机会，我的思路便会倏然闪回，回到刚从『老虎灶』的弄堂口拐弯出来的那一处去。

五

也不都全是悲剧的。快活生动的童年时光应该更多。

六十年后的今天，当我从破败不堪的"兰葳里"走出来，走上哈尔滨路时，顿觉变了个世界。哈尔滨路当然还叫哈尔滨路 —— 路名是不会变的：就像小时候叫张三的，老了，他不可能改名叫李四一样。但此张三非彼张三，此哈尔滨路已绝非那哈尔滨路了。是人的，只可能年更一年衰老、佝偻下去。是街的就不同了，她年轻过 —— 在我童年的记忆里。之后便逐年逐年地颓废衰败了，这是在我青少年及其之后的岁月里。如今，她又返老回童啦！只是我，却已无可救药地进入了老年。哈尔滨路让我惆怅，让我叹息，让我感慨，感慨生命的短暂和时光单行道的不通人情。对于人和物，它竖立起来的交通标识怎么是不同的两种呢？

再说回从"兰葳里"走出来的那一刻。这一带，应该是眼下虹口区政府的"重点"打造段。高强度的投资额将其打扮出一种欲与上海西区某著名复古景点一决高下的气势来。路面一律用彩色凹凸的花岗岩街砖铺砌而成。路灯明亮，LED的新科技把夜晚都照明成了白昼。两旁尘垢满面的旧楼也都已洗刷一新，并还嵌划了白色的墙砖线，红白分明。靠右手边的那栋灰色水门汀建筑也都换上了乳白色的塑钢方格长窗，乍一看，还以为错位时空。去到哪个苏格兰小镇上了呢。如今，规划者的意图是：用二十一世纪的建材复古其二十世纪三十年代的风貌。所谓"整新如旧"，这是上海建设者们当前市容改造的重要理念之一。这种新旧交融，展望与缅怀并存的文化风格，经过了多少年的坚守与实践，终于迎来了丰收的时刻：上海渐渐地变成了一座能吸引众多外来观光客与投资者们目光的天堂城市。甚至连我们的这条僻静的哈尔滨路也都跻身其间，凑一份热闹了。这怎么可能是我们这些老"兰葳里"居民们多少年前能够想象的事呢？唯遗憾的是：巢是筑好了，但飞来定居的凤凰们却不多。"招商办"倒挺多，东一摊西一摊的，扯起了的大幅标语牌广告说，"人杰地灵"、"底蕴深厚"、"文脉绵长"之类，一副嘶声力竭的样子，让人见了，反倒替其前景暗暗捏了把冷汗。但愿这是暂时现象，若干年后的哈尔滨路或会变身成另一个"新天地"也不是件没可能的事。到时，台巴子港巴子日巴子满街窜，还有浑身上下都散发着大蒜味的韩国"鸟叔"和"都教授"们，说不定在哪天，当你踏进某家餐厅时，就能撞见他个把。

　　第一回去到那街，我是与我的好友，搞外语的郭教授同行的 —— 在此郑重声明：郭教授绝非"都教授"，他不来自于其

咖吧内景

他星星，他是这个星球上的原生态居民。再说了，他也不像是个能活上四百年那么久的人 —— 经过一家霓灯情调的咖吧，就感觉有些眼熟。细一看，这是家完全模仿美剧"Friends"的主题场景所装饰起来的餐饮室。面街而放的一条长沙发，就是Ross、Monica、Rachel、Chandler等剧中人物演出了一幕又一幕时而叫人捧腹，时而又令人感动的故事之处。门口一指箭上 Service 的黄灯光亮着，表示咖吧正营业。我与郭兄都看过此剧，不免就产生了一些亲切感，信步而入，在长沙发上坐定。

餐室里当然不会有像 Rachel 那样貌美迷人的服务生啦，但不碍事。每人都还叫了一杯 Cappuccino，品尝了起来。坐在我们对面沙发上的那位青年学子，见到我俩，一个老人，另一个准老人，就有点好奇。凑过身来，与我们攀谈。他用口音浓重的英语自我介绍说，他是江西南昌外国语大学的 Sophomore（二年级学生），因在旅游杂志上读到一篇文章，介绍说此地此处有此一家咖吧，并佐以相片为证。故专搭高铁前来眼见为实。

那您们两位 ……?

我们？ 我们面面相觑，真还答不上来。

噢，他说他明白了，你们是上海的 Senior Citizens（有点像上海话里的"老客拉"的意思）。

我俩忙摆手，说，岂敢！岂敢！我们没你这么伟大，专程搭高铁来上海，就为到这家咖吧来坐一坐，感受一下。我们只是路过，路过口渴了，也走累了，坐进来喝杯饮料罢了。但无论如何，当走出门来时，我还是有了些许释然的感觉：看来哈尔滨路的宣传没能走出国门，但至少也到达了江西南昌。

说真的，在谈论二十一世纪哈尔滨路时，我就一直有点心不在焉。我心老游荡在它五十年代的岁月里。一有机会，我的思路便会倏然闪回，回到刚从"老虎灶"的弄堂口拐弯出来的那一处去。于是，就像舞台上的布景，于一拉一扯之间，时空的场景便立即改变了色彩与样貌 —— 是的，这才像话，这才是我童年熟悉不过了的街景啊！

从"老虎灶"弄口拐弯出来后，是第几家门面，我已记不清了。反正那儿有家大饼油条铺。隆冬时节，十指十趾都冻麻了的大清早，我站在凛冽的西北风里，等待着香喷喷的大饼新鲜出炉。

这是父亲交给我每早都要去完成的一项任务。买大饼油条回家来，后再配上一小碟酱菜和一大碗薄粥汤，这是我的早餐，也是全家的。母亲舍不得我，为此事还与父亲起争执。但父亲坚持说，从小就让他做些事，对他有好处。别老过饭来张口，衣来伸手的日脚。再说了，大清早的，哈尔滨路上车少，没危险……

但我倒是蛮喜欢去的。饶有兴趣地站在一旁，观看大饼师傅（师傅还煞有其事地穿了一件白大褂，戴顶扁白的塌锅帽，一副饭店里大厨的模样。唯白帽白挂都被油污尘垢染成了黄迹斑斑的杂色）如何做大饼。

他先用擀面杖把一坨面团碾开碾平了，再用薄刀将之切割成一小截一小截的。之后，他分别拈起每一小块面团来，几下大甩手的动作，就把它们都变成了扁扁平平的一溜排，整整齐齐地平列在他的白案台上。他拖过来一只搪瓷质的黄油盛器，用把刷子往里浸了浸，然后就给他的"大饼队列"上油。他复用食指中指助以拇指掬起一撮白芝麻来，手臂高悬于空中，天女散花般的，将白芝麻粒星星点点地撒向了现在还仅是白坯的"大饼人间"。

他罢下手来，上下左右地这么望了望。一切都妥，一切都"各就各位"了，便把那只红泥胖肚炉的炉盖揭了开来。他探头朝炉膛里望了一眼，通红通红的炉火烧得正旺。而我的心也每每于此刻"咚咚"地跳荡了起来，仿佛此事与我也有点儿什么关联似的。

"呸！呸！"只见白案师傅往自己的手掌上连吐两口唾沫，然后再将白坯大饼取来，展平在手掌中央，一只接一只地往火苗高蹿的炉壁上贴。

"阿六头拉阿爸（阿六头也是我小时的玩伴之一），"我小心翼翼地发问，"侬……侬勿怕烫啊？"

他连望都不望我一眼："怕烫？ 怕烫就息搁，勿要再做阿拉地门行当啰！……"

然而，当我用《申报》报纸托实了那一叠热气腾腾的大饼时，便忍不住，总要在最头面的那只上，先咬它一口再说。嗬，就甭提炉火烫不烫手那回事了，大饼那香味，就连唾沫星的臭味也被彻底覆盖了。

至于油条，我最爱吃的就是那种煎过两回的老油条，香脆多油，咬上去，一口酥。为此，阿六头拉阿爸每回都不忘将一根昨天卖剩下来的油条再多煎一次，搭在新鲜货上一起包给我。回家下泡饭时，我抢着要吃的，总是那根老油条。父亲见状，便笑了，道：

"吃老油条没问题，但人可不能也做成了'老油条'喔……"

然而，最让我有持续记忆场景和情节的，还是它对街的那栋灰色大楼：老洋行1913·洋行的外国老板撤离后，水门汀建筑变成了一家冷冻库。

继续往东走。

面朝哈尔滨路开设的都是些做小买卖的铺子 —— 公私合营时，政府给他们的阶级定性是：小业主（小业主其实也是个小老板，搬上全家人手去都不够用时，年头年尾也会雇佣个把临时工什么的。但到了后来，出入就大啦。小业主与资本家，前者属人民内部矛盾，后者属敌我。这是毛主席在《矛盾论》著上有过说明的）。刚才说了那家大饼油条店，除此之外，好像还有两爿烟纸店，一家裁缝铺和一家照相馆。对了，肯定是有一摊出借小人书（即连环画）的档口，开设在"兰葳里"二弄的过街楼道里。

那个"小业主"显然是个精明的谋生者：过街楼里摆档不用付租金不说，小人书摊也最简便，两折叠插书的木架，三条板凳，扛过来，打开，便能营业。而那时代的小孩就像水沟里的蝌蚪，出的车辆太少了，看守车闸的门卫闲赋时居多。如今，大厦已被正式命名为（准确地说，应该是被"恢复名誉"才对）：老洋行1913。至于应该叫什么样洋名的洋行，估计，有关部门还没能查出个究竟来。故只能用"老"字先搪塞一下再说。"老洋行1913"几行刻字，凹凸浮雕在毗邻嘉兴路桥西的一座小小的钟楼上，映着莹莹的河水，颇有点儿情致。刻字之下，是一只具有现代感设计的仿古时钟，亦具特色。在我遥远如冥王星一般的幼年记忆里，那里好像也是有过一只街钟的。只是早已不走了。时针分针永远指停在上海解放前夕某个深夜的某时某刻上。后来时钟被拆除了，现在又重装（是不是还在原来的位置？ 不得而知。再说，也记不清楚了），让失去的时光重新续上，以便能追赶上历史早已前进了大半个世纪的步伐。

其实，前文所叙的美剧场景的咖吧，就是老洋行招商办招来的首批入户于此的几只"凤凰"中的一只。除此以外，还有一家 Pizzeria，余下的就都是些国产品牌的连锁超市了，诸如：Family Mart 和 All Day 之类，二十四小时亮着白灯光，做生意。

与老洋行对街相望的，就是那座我在前文中描写过的，用白水泥嵌线的红砖建筑。如今，它的正式名称为：Peninsula Bay(半岛湾商场)。除了名称讨巧外，而且还贴切。"半岛湾"除南面临街（哈尔滨路）外，三面环水。西与北的侧面，红砖墙身直接插入水中。而河水绕着它，一个大兜转，沿嘉兴路桥（桥下之河名可能叫沙径港？ 不甚了解），南经溧阳路桥，再流入虹口港。如此方位，不叫"半岛"，叫啥？ 再说了，Peninsula，很容易让人联想到九龙尖沙咀，梳士巴利道上的那座享誉全球

东上海的前世今生

继续往东走。

面朝哈尔滨路开设的都是些做小买卖的铺子 —— 公私合营时，政府给他们的阶级定性是：小业主（小业主其实也是个小老板，搬上全家人手去都不够用时，年头年尾也会雇佣个把临时工什么的。但到了后来，出入就大啦。小业主与资本家，前者属人民内部矛盾，后者属敌我。这是毛主席在《矛盾论》著上有过说明的）。刚才说了那家大饼油条店，除此之外，好像还有两爿烟纸店，一家裁缝铺和一家照相馆。对了，肯定是有一摊出借小人书（即连环画）的档口，开设在"兰葳里"二弄的过街楼道里。

那个"小业主"显然是个精明的谋生者：过街楼里摆档不用付租金不说，小人书摊也最简便，两折叠插书的木架，三条板凳，扛过来，打开，便能营业。而那时代的小孩就像水沟里的蝌蚪，最多，最无孔不入。见有小人书看，不用你吆喝，立马就聚拢了上来。但我是从不去那儿借书看的，那档子书摊"斩人"！一分钱一本，还不能带回家。坐在板凳上，当场看完，还掉。还有，借出来的书多电影故事，蓝蒙蒙混沌沌的一片，看得很不过瘾。本来嘛，《上甘岭》、《鸡毛信》、《渡江侦查记》之类的，电影都看过好几遍了，还看什么小人书？远不如手绘版的"水浒108将"黑白分明；还有关公张飞赵子龙，人物个个呼之欲出。故，小人书要么不借，要借，我宁愿跑多几步路，过了桥到嘉兴路上的那个戴"罗松帽"的老头那儿去借。他没过街弄好占，只能设摊在人家的屋檐下。板凳窄，屁股坐着不舒服，下雨时看书还要将膝盖往里缩一缩，才不至于被雨淋着。但"罗松帽"大方，一分钱两本书，还允许你与小伙伴们换来看。借回家则价格翻倍：也变成了一分钱一本，限借期一天。如有损坏，当然还是要照价赔偿的。

至于烟纸店，香烟肥皂老酒草纸，这些都是大人们的事，用不着我们小孩来操心。烟纸店与我们有关的只是新年这几天里买炮仗来放。但还是老问题，这两家铺子的炮仗贵：小炮仗一分洋甸两只。虽然只只都能放响，但整个新年到手的压岁钱总共也就两三毛钱。都放小炮仗了，早早场电影如何看？后来，小伙伴们奔走相告，说，瑞庆里弄堂口的那档子小摊上，小炮仗打对折：一分钱十只！一分钱十只？不是小炮仗，而是我自己的耳朵打对折了吧？但跑去一看，果真如此！其实，卖便宜自有卖便宜的道理：这都是些着了潮的炮竹，十只中间倒有九只是哑炮。哑炮就哑炮呗。阿拉小囡自有阿拉小囡个白相法：将炮仗两头一拗，中间断裂，再将火种点燃于断裂处。"咻 —— 嚓！"一声响，药芯全都化成了四溅的火星。这种玩法，我们小孩冠其名曰：老太婆撒尿。个中乐趣也并不逊于"砰"的一声炸开，而后也就没有了下文。

当然，今日的哈尔滨路上，上述的几家铺子早已不见了踪影。什么时候消失的，我已毫无印象可言了。不像弄堂口的"老虎灶"，我大概还能说出个子丑寅卯的来龙去脉。怎么说，童年的我与"汏鼻涕阿三"的伙伴关系还是挺铁的，"铁杆"到了有点儿像当年的中苏友谊和中朝友谊：牢不可破。这几家店是不见了，如今街道也已被改造，但在这苏格兰小镇风情的街两旁，仍夹杂着有不少个体户，多数集中在"兰葳里"二弄的沿街门面上。有棋牌室，小饭馆，洗脚屋，还有那些灯光幽暗，情调粉红，门帘半遮半掩的，做啥生意，搞勿清。路经者往里探头探脑的有不少个，但入者寥寥。总之，所有这些，与设计者在整体构思和氛围的营造上显然有点儿格格不入。当然也很难说，到了哪一天，当局突然采取措施，来个"强行拆迁"，或"软性商榷"什么的，都是有可能的。然后将其一并纳入"苏格兰小镇"的版图，从此一劳永逸。只是此事不好预测，也不敢预测。不敢预测是因为据说不少个体户经营者都曾是多少年前"山寨弟兄"们的化身。当然，"兰葳里"的应该除外，他们都是正宗的生意人。笔者在此调侃两句，绝无恶意，更不想惹是生非，就此打住。

刚才说到了那幢灰色的水门汀大厦，就是配有塑钢方格长窗的那幢。其入口处还设有地下停车库，不锈钢的转环形车闸，十分气派。电脑化管理，车到开闸，车入闭闸。只可惜进出的车辆太少了，看守车闸的门卫闲赋时居多。如今，大厦已被正式命名为（准确地说，应该是被"恢复名誉"才对）：老洋行1913。至于应该叫什么样洋名的洋行，估计，有关部门还没能查出个究竟来。故只能用"老"字先搪塞一下再说。"老洋行1913"几行刻字，凹凸浮雕在毗邻嘉兴路桥西的一座小小的钟楼上，映着莹莹的河水，颇有点儿情致。刻字之下，是一只具有现代感设计的仿古时钟，亦具特色。在我遥远如冥王星一般的幼年记忆里，那里好像也是有过一只街钟的。只是早已不走了。时针分针永远指停在上海解放前夕某个深夜的某时某刻上。后来时钟被拆除了，现在又重装（是不是还在原来的位置？不得而知。再说，也记不清楚了），让失去的时光重新续上，以便能追赶上历史早已前进了大半个世纪的步伐。

其实，前文所叙的美剧场景的咖吧，就是老洋行招商办招来的首批入户于此的几只"凤凰"中的一只。除此以外，还有一家 Pizzeria，余下的就都是些国产品牌的连锁超市了，诸如：Family Mart 和 All Day 之类，二十四小时亮着白灯光，做生意。

与老洋行对街相望的，就是那座我在前文中描写过的，用白水泥嵌线的红砖建筑。如今，它的正式名称为：Peninsula Bay(半岛湾商场)。除了名称讨巧外，而且还贴切。"半岛湾"除南面临街（哈尔滨路）外，三面环水。西与北的侧面，红砖墙身直接插入水中。而河水绕着它，一个大兜转，沿嘉兴路桥（桥下之河名可能叫沙径港？不甚了解），南经溧阳路桥，再流入虹口港。如此方位，不叫"半岛"，叫啥？再说了，Peninsula，很容易让人联想到九龙尖沙咀，梳士巴利道上的那座享誉全球的名牌大酒店"半岛酒店"。而 Bay 的联想，则是关乎于港岛南区风光旖旎的 Repulse Bay(浅水湾) 的，两者叠加，港九精华尽收囊中，叫人还有啥个闲话好讲？当然，这只是我这么个在香港居住了几十年的老上海的第一印象，他人作何联想，我则无从推测。

但无论如何，商场的取名还是有点儿讲究的。"半岛湾"的招商，明显是后来者居上（它的改造工程比老场坊和老洋行都要迟了近两年，且至今仍有部分建筑还在装潢中），进驻其场地者，除了吃 Spaghetti 和 Pizza 的意式食肆外，好像还有了一家日式的 Sushi 店。另，泰式、越式和粤式的 Cuisine 也都有点儿蠢蠢欲动的态势。因为已见有白色遮饰布拉扯着，写明曰：Opening Soon 的字样。

半岛湾创意园进口处

这排砖木结构建筑的前身有个长而带点儿内涵的名字，叫作：新人习艺场。那是一九五〇至一九五三年间的事了。而"新人习艺场"的前身则是对街那家老洋行的 Godown(货仓)。你由想便可知，它三面环水，进货出货，不占尽了地利与人和的优势？唯一九四九年后，"天时"一项有变，一变就变成了"新人习艺场"。如今，"天时"再变，它不再叫"新人习艺场"不说，连前世之前世的 Godown 身份也得以升华，摇身一变，变成了一座顶级别的 Mall—— 至少在名称上，它也已先声夺人了。

说起"新人习艺场"，或者又可以扯上它一段。上海刚解放时，社会上鱼龙混杂。四百万人口中，倒有近百万是没有正当、正规、正常职业的。他们中间的不少人就是所谓的"旧人"。诸如，地痞、流氓、窃贼、扒手；妓女、赌徒、老鸨、瘾君子、白相人、拆白党 …… 一个新政府要将这潭旧政权留下来的污泥浊水澄清，需时费神。而"新人习艺场"就是那个历史时期的机构产出物。工场内设有多种技艺班：木工、理发、缝纫、保育、炊事，等等，凡一个大城市中人们日常生活所需的工种，它都包罗。被收容进来的人员，可按其特长与兴趣分入各班种，既学艺又改造，还能有产出，一举几得。一年半载，学成出场，再度融入社会，便就有了自谋其生的能力与本领了。这是新政权成立头几年中，众口交誉的黄金期。记得我很小的时候，每见父亲提及街对面的那家"新人习艺场"时，神情多有褒意。这连串名词也就如此这般地刻入了我儿时的听觉记忆里。而对其含意却不甚了了。

有一次，有位外地亲戚来我家走动。临别时，需要弄清我家的住址方位。说说就说到了哈尔滨路桥、荻思威路、九龙路什么的。我在一边玩耍，似听非听，忽地就蹦出了一句：

"新人习艺场对面！"

亲戚闻言，吃了一惊："什么'新城'……？"

"噢，是这样的，"母亲笑了，继而便解释了"新人习艺场"这个名称的来历与含意。"不就是那幢楼吗？"她指着斜对面的那幢，如今已改名为了"半岛湾"的红砖楼房说道。

来人这才恍然大悟地笑了 —— 他万万想不到的是：从一个四岁孩子的口中能说出这么一个具有复杂内涵的名词来。

但对"新人习艺场"的记忆很快便断层了。假如能将时空变焦镜再拉近一小格的话，"新人习艺场"后来变身为了一家类似于机械加工的工厂。整天"哐当哐当"个没完 —— 那应该是在一九五八年大跃进之后的事了。深秋的黄昏，冷雨霏霏，天色又暗了下来。那延绵不断的"哐当"声回荡在河面上，空寂的街道上，显得特别凄凉，沉重。至于这么一家临水的工厂是否也为虹口港的污染添加过什么成分没有，我想应该也是有的。

然而，最让我有持续记忆场景和情节的，还是它对街的那栋灰色大楼：老洋行1913。洋行的外国老板撤离后，水门汀建筑变成了一家冷冻库。我们小孩管它叫"冰厂"。穿着臃肿的工作人员进进出出，就像今日里太空人进出太空总署那般。大热天，小孩子们最渴望能溜进去的地方无非就是那一处。那年代，没冰箱没空调，连电风扇也是难得一见的奢侈品 —— 我家那座老式四铜翼的GE牌台扇就曾吸引过不少小玩伴们前来"参观"。有人央求我开来试一试，我就将底盘上的黑漆拨钮往左一推，习习的凉风顿时扑面而来。小孩们则将一身臭汗的破汗衫掀离了身体，眯起双眼，陶醉于风中，说：

"喔，惬意！惬意！就像到了外国……"

其实，我们也未曾真正去到过冷冻库房的里边，因为那里是去不得的，那里是"厂房重地，闲人莫入"处。然而，只要一旦进入那座灰水泥的大楼后，就像是到了另一个世界。像是变魔术，浑身的汗水一下子就干爽了下来。那，可要比我家的那台电风扇强多了，因为，那是一种不露声色的全方位式的降温过程！我们把它称作为"大光明电影院里冷气开放"，以此来表达这种享受级别之高。

当然，我们是绝不可能在那里边待久的。那看门的糟鼻老头，只要一见到我们这群嗡嗡的"苍蝇"飞进来，便立马采取措施。他取了把竹柄的柳条扫把来，边追赶边咒骂。如此这般，又把我们赶回到了骄阳如火的哈尔滨路上。但没关系，即使被赶了出来，每个小孩的口中手中都还能含上一口或抓上一把冰碎雪花来解解暑 —— 那东西在"冰厂"的院子里堆得到处都是。

"冰厂"还有过一回在全市，不，应该说是全国，大出风头的机会。它被选中作为喜剧电影《大李、小李和老李》的拍摄场地之一。那是一九五八年的事。其中有一个镜头，说是大李有一次不小心被人关在了冷冻库里。大李单裤薄衣的，忘了穿上"太空服"了。没法，大李只能在库房里绕圈跑步，取暖。他跑上几步，就停下来，望着那一只只悬空倒挂在货物架上的，破腹的冰鲜猪，神色古怪。他脸白唇颤 —— 一因害怕二因寒冷 —— 遂弯起食指来，先敲打一下冰猪，"咚咚"的，再敲打

老洋行1913侧景图

一下自个儿的胸脯，也"咚咚"的。他自言自语道：

"这声咋一个样呢？……"

如此情景，不让看戏的观众个个都笑到了前仰后合才怪。

但这出戏，在"文革"时却被批判成了"污蔑工人阶级形象"的大毒草。说，我们工人阶级连死都不怕，还怕"冻"吗？你真还别说，这话在当时听来，也都觉得在理。可见，当一个荒唐的时代推演出来的一套荒唐逻辑成其方圆后，还怕有什么话头接不上茬的？时至今日，当年那些扮演大、小、老李的演员都已基本作古。"冰厂"非但在，而且还改回了上世纪三十年代的旧貌，可见"物是人非"，此话之真。

东上海的前世今生

七

　　一过嘉兴路桥（现改名为"哈尔滨路二号桥"。但我感觉这名字不好，缺乏了点城市的野趣，有点儿像是北朝鲜某处的地名定位。故，我仍沿用我童年记忆里的那个名称：嘉兴路桥。这样，当我创作时，感觉才会投入），仿佛又变了个世界。此地的民居更见败陋。暑天的傍晚时分，高低参差的旧式弄屋前，端坐着为数不少几个上身打赤膊，下身仅着半截平脚裤的男人们，他们在几米见方的家中待不住，就是待，也待不久。老喜欢在门前的人行道上摆出一张小方台来，弄几样小菜，呡上一口"五加皮"或"绿豆烧"，然后，"嘶 ——"的一声长吁，由强渐弱，自胸腹深处舒吐出来，这便是人生享受最高时。

　　我记得有两条弄堂，一叫"瑞庆里"，二叫"瑞康里"。大弄套小弄，内弄通外弄，拐拐扭扭，曲曲弯弯。坠入其间犹如坠入迷宫的版图中。但不打紧，对于我们这群贪玩的小孩们来

　　说，这种"曲径通幽"的地理条件，更让我们玩兴盎然。

　　思路一路带领着我，在记忆的版图中前行。我来到了哈尔滨路（东段）与嘉兴路的交叉路口上。对了，这里从前有家叫"大东"的酱园庄。我之所以对其印象深刻，这是因为我常来这里"拷酱油"的缘故。高大黑漆的佩环大门，门槛很高，童年时代的我，提着酱油瓶子跨进去，还得费点儿劲。酱园的大天井里摆满了各式酱缸和油缸，一律细口窄颈胖肚，只是大小高低不同罢了。酱园的楼顶很高，顶棚是用毛玻璃盖的，有天空光从高处射入来，打亮了那一排排缸瓦陶罐。你说你要拷"五分洋甸"酱油，就必须先说明是鲜酱油呢，还是红酱油？（到香港生活后，才知道广东话对此称呼是"鲜抽"和"老抽"，而酱油也不叫酱油，叫"豉油"）完了，那个绰号叫"斜巴眼"的酱园店老板才会眯起一只眼，将一根长柄木勺探进其中的某只酱缸里去。

哈尔滨路原嘉兴路菜场交汇处

提出大半勺液体来，拎高，对准你的瓶口，将酱油一流线地直灌瓶中去，绝无半滴外溢，其技艺之高超，令人惊叹！

"大东"酱园位于四岔路口的东北角上。西北角是一家三四轮的影戏院，叫"嘉兴电影院"。小时候一看就好几遍的"打蒋匪帮搭自美国赤佬"的战争片多数都在那里。那戏院的票价便宜，早早场只收一毛钱，比海宁路上的"胜利"剧场还少五分。

东南转角与其对应的西南角所构成的实际上是一条马路的延伸段，应该叫南嘉兴路或嘉兴南路才对。但就从没在那儿见到过有什么路牌。这里一条街都是小菜场，摊档连接摊档，檐棚叠加檐棚，即使有路牌，也早被档贩的沿檐给遮蔽去了。人人都管这条马路叫"嘉兴路小菜场"。至于要寄信去嘉兴（南）路 × 弄 × 号者，只靠寄信人和邮差的心中有数就可以了。

之所以要说到嘉兴路小菜场，因为它是我的长篇小说《长夜半生》故事推进中，某个重要场景的依据地 —— 女 B 角雨萍的童年与少女时代的生活处。"菜场里密密匝匝的摊档几乎淹没了全条人行道，以及人行道边的各种店铺，一年三百六十五天，几乎没有一天，这里不是垃圾狼藉，臭气熏天的。而这类铺子，其实，根本就算不上什么沿街面的店铺。外人无法发现它们，只有住在附近的左邻右舍们才会在生活上有需要时，上店里来，油盐酱醋肥皂草纸的作一些日用品的添补。"《长夜半生》里此段对于雨萍童年生活场景的书写，就是对嘉兴路菜场的同体描写，应该是有着相当之贴切性的。再说，"白玫瑰"理发店和"富美"南货店其实还真有其店，我去那里理过发，也买过东西。它们藏身在了摊档的背后，不愁没生意做，但也永远甮希望会生意滔滔。

至于说，雨萍是否真有其人？是否真的在那里度过了她的童年和少年期？说实在的，雨萍其人也有，也没有。一个小说人物，一旦产生，她便会被其自个儿的"业力"所牵引，走完她应该走完的人生道路。作家只是她命运书写的代笔者。当然，你也可以把它说成是作家的一种想象力。而我之所以要将她"入选"为嘉兴路小菜场里一家南货店的闺女，无他，只是为了让她无论身处何地，都必须带上了一股浓浓的东上海气息，对她的想象原是为了作家自个儿情感宣泄的需求。

嘉兴路菜场真正让我至今仍保鲜着栩栩如生记忆的还有两件事：一是去那里买西瓜，二是去那里打乒乓。

在那个时代，人造饮料十分稀缺。即使有，往往也都被视作为高档消费品。而西瓜，则是当时上海人最普遍，也是最大众化了的消暑食品。我家的西瓜去哪里买？嘉兴路小菜场。当然，西瓜重，小孩子一个人是提不动的。买西瓜往往是跟随着母亲一道去，不像"拷酱油"或买大饼油条。五十年代初，有一种西瓜叫"平湖西瓜"：腰长形的，籽黑、瓤黄、汁清、味甘。是父亲最爱吃的瓜种。故家里的床下，楼梯底下，到处都滚满了这种瓜。后来，不知何故，"平湖西瓜"不见了影踪。每回母亲去菜场，一个档口一个档口地问过来，都说没有。还说，现在不兴卖平湖瓜了，产量少，价格又高。现在出了一种叫"解放瓜"的，圆圆的小个子，新品种。其实，小孩们倒是很喜爱吃这种红瓤西瓜的，蜜甜蜜甜，就像喝糖水。但父亲不爱吃，说太腻，缺少了"平湖瓜"的那种清香味。然而，就是这种"解放瓜"，一吃就吃到了今朝 —— "平湖瓜"是西瓜里的"君子"，注定了是要被时代所淘汰 —— 而今的"8424"、"8346"，等等，凡以数字来命名的西瓜品种，都源自于它们的祖先："解放瓜"。其实，"解放瓜"也有它的祖先，它的祖先是"台湾瓜"。台湾瓜皮泽乌黑光亮，内瓤鲜红多汁，是全国，乃至全世界都闻名遐迩的西瓜品种。这种瓜于五十年代中期引进内陆，由于水土的关系，遂长成了青皮黑筋的小圆胖子的外表。其实关于"解放瓜"的命名，也是有乾坤藏于其中的。那时正值两岸剑拔弩张的对峙期，西瓜唤其原名，显然不妥。这是个最忌讳的地名，弄不好会让人联想到美蒋匪特。然而，当年却有一句时髦而又响亮的口号，叫："我们一定要解放台湾！"于是，聪明人就想出了用"解放"这个动词来替代了"台湾"那个名词。意思是：让全国人民一吃到西瓜，就联想到"解放台湾"这项宏愿还未达成。

扯远去了，仍回到吃西瓜这桩事情上来。

盛暑天，在我童年的印象中，这是个瓜天瓜地的季节。除了西瓜，还有黄金瓜、白梨瓜、菜瓜、青皮瓜、哈密瓜、浜瓜……每种瓜都很香很甜很好吃，而且还价格便宜。几乎家家户户的桌面上都有两只半球的西瓜摆着，用绿纱网罩罩住，置于通风处，防蝇兼防馊。没有冰箱的日子自有没有冰箱日子的过法。西瓜还有一种吃法，今日里听来，似乎有点儿啧啧称奇。但这是事实。此事缘起于：西瓜皮其实比西瓜瓤更值钱。于是，各种果品商店的门口和西瓜摊档前，便争相出现了一种专售瓜瓤牟利的生意。将红黄的瓜瓤先刨出一大碗来卖，价格低廉到几近于免费。为的是能把瓜皮留下来自用。据说，西瓜皮清热解毒，能入药。又说，瓜皮脆嫩可口，制成罐头食品出口，在海外市场颇受欢迎，云云。其实，瓜皮出不出口与我们又有何相干？我们小孩看中的是：几分钱就能买它一大碗瓜瓤来吃你个人仰马翻。

当然，所有这些都是五七、五八年前的事了。后来，三年自然灾害来了，什么副食品，水果，统统告断流，西瓜当然也不能例外。嘉兴路菜场仍在那里；虽空空如也，但还是日头夜里人头攒动，个个人提着小菜篮在那里挤呀推呀蹭呀的，希望能买到点什么来打发瘪塌塌的肚皮（记得在我的《长夜半生》中，也有过类似记忆场景的文字再现）。其实，即使排队给你轮候到了，能买到的东西，无非就那两种：一种是外包壳发红发硬的卷心菜 —— 倒还别说，这货拿到今天，可能就不一样了。被认定为无基因改造的绿色食品，追求健康苗条的女士们的心头好。再加上一番精心包装，往专售进口食品的超市里那么一搁，说是，Products of Italy, France 或 Japan 什么的（当然，是否真进口，那又是另外一回事，很可能只是来自于河南、山东或海南的），就能卖它个好价钱。

另一种就是"橡皮鱼"。"橡皮鱼"之所以冠以如此名称，这是因为每条死鱼的外表都有一层很厚很厚，酷似橡胶膜的褐色鱼皮。你为了能吃到里边的那一点点鱼肉，就必须先要花费九牛二虎之力撕开其胶皮外壳才行。说说，又说到现在来了。多少年后，在香港，有一次惠顾日本料理店时，我突然发现：某种 Sashimi（刺身）的吃法，使用的原料，就是这种深海鱼类。好玩的是：从前的下三流的食品往往变成了今日的奇货可居；而今日里统被称作为 Junk Food（垃圾食品）的食物，恰恰又是当年辘辘饥肠最渴望能得到的营养品。时光总喜欢搞些小小的把戏来作弄人，不，应该说是提醒人：没有永恒的标准，只有永恒的变化。

东上海的前世今生

八

她总是战战兢兢地走进去，然后又神情黯伤地退出来。我们母子俩不为什么，只为能从那幢红楼中再次领到通行证，去香港与父亲团聚、共同生活。

　　"嘉兴路菜场"的另一记忆场景是打乒乓。

　　其实，我在《长夜半生》中也曾提及。说到下午近晚时分，雨萍放学，每回，她都得小心翼翼地侧身绕过那些正处于酣战状态中的"种子"选手们的身边，才能安抵家中。此情此景，寥寥数笔，应该说是有其真实之出典的。

　　菜场里早晨用来斩肉或卖菜的案台，到了下午，便成了我们这班顽童们的乒乓球赛台了。那年代，全民乒乓热，而少年时代的我们更是狂热。正规乒乓桌何处觅？除了"嘉兴路菜场"里的斩肉台。我还记得有一位满脸麻子，其实也大不了我们几岁的大哥哥（现在兴叫"大佬"），乒乓球艺了不得。故，他很快便得到了我们这群小字辈人群的"崇拜"。不管是什么人，本弄的，外弄的，甚至是外校外区来的，只要一上场与他较量，准被他"该路"下来（后来学了英语，才估想到"该路"两字应该是英文里 Get off 的沪语声译？）。

有一次，我真是发自肺腑地询问过他：

"麻皮阿哥（如此直称，他并无所谓，只要侬叫伊一声阿哥就行 —— 事实上，在我们这些玩伴中，谁还能没个绰号、诨名什么的？有时绰号叫惯了，连真名都忘了。或者，压根儿就不曾知道过谁谁谁还有什么正规的学名。对了，我也有我的绰号，他们叫我'乖囡囡'，那是模仿母亲叫唤我回家吃晚饭时的口吻。其中不无轻慢之意），假使让侬搭自容国团也拼上一场个闲话，侬会不会拿伊也'该路'下来？"

他一脸得意，以不作答而答之。那年容国团为国争光，成功卫冕第二十六届世界男乒单打赛冠军。大街小巷，日报晚报，到处都能见到脸形消瘦肤色黝黑的容国团手捧鲜花，在首都机场步下云梯时的照片。

从嘉兴路小菜场退出来，重新回到嘉兴路哈尔滨路口上。此刻的我，正站在四岔路口，四下里打量，看看还有没有什么"热门观光景点"可以介绍给我的读者去逛一逛的。就发现街对面有一排三层楼的建筑，面熟陌生。现在，这儿应该是该楼业主的分间出租房，隔着渍渍斑斑的窗玻璃望进去，能隐约见到房内一排排外来务工人员睡的双层叠铺床。有半扇窗页打开着，两只铁衣架伸出窗外，上面晾有一条汗衫和半截裤衩。对了，我记起了它的前世来。

五十多年前，这里是一家叫"利群"的公共浴室 —— 唯上海人不把浴室叫浴室，而是叫"浑堂"。"浑堂"在那时之所以能大行其道，这是因为那时代，家家户户能拥有卫生设备的很少。除了澡堂，还有公厕，还有露天小便池（男士专用）和"给水站"，等等。这些市政设施，在东上海这一带的街头巷尾不无少见。

"利群"浴室有三层，价格也分三等。一楼"大众厅"，二楼"跃进厅"，三楼"幸福厅"。价格分别是：一毛、二毛和三毛。三个厅我倒是都有去"光顾"过：父亲带我去的是顶厅，与表兄弟们（表兄弟们一家也与我家同住，其人其家其事，后文自会次第道来）去的是二厅，"麻皮阿哥"则带我去底厅。价不一样，浴池里的水质也不一样。三层"幸福厅"的水质最清澈，大汤洗完了，还可以到外间去淋一回莲蓬头。而一踏出浴间，马上就有人递上热毛巾，替你擦身，并将你引往座位，躺下。二层其次，没有了莲蓬头可供淋洗外，擦身的毛巾也得自取。底厅服务当然更差，去那儿的多数是"瑞庆"、"瑞康"里的居民。大汤池里插满了密密匝匝光膀子的浴客，而其池水色泽之浑浊，完全可以与今日火锅店里，服务员小姐端上桌来的浓汤锅底相媲美。如此一说，就不得不拍案叫绝地认同了为什么上海人会把澡堂称作为"浑堂"的道理了。这个"浑"字既传神，又画了龙又点了睛。其中色香味俱足。这是一幅人口稠密的沪上生活场景图，民俗生态呼之欲出。

但有样事，也必须在此交代明白：那年代去澡堂洗澡也算是桩事儿，带点儿享受的意味在里面。就如同今日里，上完馆子酒足饭饱后，再去洗脚房，让人捶腿敲背指压足底，以能放松筋骨，消除疲劳，"叹番阵"（广东话）的意思相类同。那时的人们决不像是生活在今时今日者：无论冬天、夏天，只要一天不洗澡，就会感觉身上痒痒的，好像早起了没洗脸刷牙那般。

　　那年月，澡堂生意最红火的时节是在过年前。家家户户的住房要大扫除，身上也一样。都希望能洗得干干净净的，换套新衫新裤过个新年。"利群"浴室于是从年二十八开始，门口就排起了长队，尤其是女宾部。尽管天寒地冻，有时候，天上还飘着鹅毛大雪，但从女宾部里走出来的年轻姑娘，脸蛋红扑扑的，长发湿漉漉的，边走边抹，显得特别漂亮（按现在的说法叫"性感"）—— 即使在我，那么个未成年的小男孩眼中，也是如此。

　　既然说到"浑堂"了，做"浑堂"这门生意的都有一个奇怪的习俗，我觉得也应在此一提。那就是"浑堂"门前，每逢大节庆（如春节）都要舞龙耍狮，鞭炮一番。据说，此乃去邪降福之举。有趣的是：这与几十年后的上海，每到除夕，所有诸如"天上人间"一类的夜总会门前也都要大放"高升"爆竹的情形相若。后一种现象可以解释：这种男女苟且之地，藏污纳垢的不净之物断然不会少，在"爆竹一响除旧"声中，据说，便能被驱散得无影无踪。但浴室不同哇，浴室不但不"藏污纳垢"，还"清污除垢"呢。但……但我思量着，有一点它与"天上人间"没两样。那便是：进入那两处者，都必须脱得精光赤条条。而人一赤条了，据说邪气就会有乘机入侵的可能。故，两个做完全不同性质生意的场所，除旧迎新时节，清除"精神污染"的方式竟然是同一种！如此现象，假如说得哲学化一点，是否也可以这样来理解呢？干苟且事与说真话者，其实，都需要有一种要么不脱，一脱就脱他个"精光赤条条"的勇气。可能也就是为此缘故，当局的"清污"运动一旦开展，他们都会变成被打击的目标。

　　哈尔滨路再走下去，便到底了。到底的它与海伦路相衔接。

海伦路分南北两端，北端止于沙虹港的河堤前。南端则又与溧阳路（今日的四平路延伸段）连接上了。于是，无论是地形还是记忆，便又开始了新一轮的循环。我不知道我的这幅东上海一角的地形图是否能给阅文者一个相对清晰的鸟瞰效果呢？希望能。

但无论如何，在结束此段叙述前，仍有一处地方免不了还得一提。那是位于哈尔滨路海伦路口上的一栋法式的红砖洋房（在这么个地段，居然还有一幢上好的法式花园洋房存在，实属罕见）。这里是身兼双重身份的某个政府机构所在地：嘉兴路街道办事处以及嘉兴路派出所。一九六二年五月，自从父亲从那扇大门中领取到了他获准去港的通行证后的多少年间，它一直是我与母亲既生膜拜、虔诚之心，又怀焦虑、期盼之情的高山仰止之地。我们仰望它，就像仰望一座位于黑夜大海上的灯塔，一座它曾奇迹般地闪亮过一次，之后就再没亮过一亮的灯塔。

从一九六三年到一九七六年，直到我们最后搬离溧阳路687号，整整十三四个年头，我从少年到青年，然后又再逼近青年的那最后一道年龄防线：三十岁。我亲眼看着母亲无数次地进进出出那扇朱红漆的大门。她总是战战兢兢地走进去，然后又神情黯伤地退出来。我们母子俩不为什么，只为能从那幢红楼中再次领到通行证，去香港与父亲团聚，共同生活。然而，在那些个年头，就这么点正当的期望，其成功率之渺茫就如同要从二十四层"国际饭店"的顶楼往地面挂一条蜘蛛网线一样地飘忽、脆弱以及几乎没有可能。我深爱的母亲她老了，她美丽、丰满、清雅脱俗的中年开始褪色。她的头发花白了，眼神变得浑浊。我知道，她的希望之火正一点一星地在熄灭下去。假如不是打倒"四人帮"，假如不是后来风向转了，国家开始奉行门户开放政策的话，我那对可怜的父母，连死，也只能各死各的，死于异地。其间，让他们再见上一面的机会也不可能被成全。世事无常的生命真相在我家的变迁与境遇中，可以说体现得最为淋漓尽致，耐人寻味，也极富戏剧性、暗示性，无论是好还是坏。

东上海的前世今生

它站立在那里，烈日寒暑，春夏秋冬。无论是在现实里，还是在我各种年龄段的梦回里，它都是同一种姿态，且都用那同一句无声语告诉我说：这里，就是你的家！

九

　　溧阳路687号。在绕它四周兜了一个大圈后，此刻，我想，应该是我要将回忆思路的焦点都集中在这个地址，这幢建筑，这个我于六十七年前，在"哇"的一声啼哭中来到这个世间之地点的时候了。

　　正如我在前文所述那般，这幢前门开在溧阳路上，后门通往一条弄堂里去的上海人称作为"新里"的屋子是沪上最常见的建筑格局之一。这是一幢承载了我全部的童年、少年和青少年生命记忆的屋子。与此同时，它也变形成了我的各种小说、诗文和篇什中无所不在的场景与心情的安放处。作家，尤其像我这么个有着强烈恋旧个性的作家，他是决不可能在还没能找到一处既梦幻又真实，既飘忽又沉淀，既饱含苦难又让他无法割舍的背景之地来让他自如地叙述他那人生故事之前，就贸然落笔写他的东西的。因为，他会感到自己生命中的某个部分，他还没能寻找回来。而溧阳路687号，就是这么一处地方。当然，你还是可以去写的，可以在某种使命感、责任心或是理智动力的驱使支配之下去写（假如这还与"功利"两字扯上关系的话，情形会更糟）。但你会有一种失重感。失去了地心引力的你，感觉轻飘飘的双脚老着不了地。于作家，这是种很不好的感觉 —— 换作一位老中医的"脉象语"，他会告诉你说：你得留意啦，先生，这很可能是一种"大病将至"的先兆 —— 你，于是，终会堕入胡思乱想，漂浮进冥想的太空，成为一件"太空垃圾"。

现在，我开始想象，想象自己回到了一九五二年，一九五二年的那个刚迈过了歪咧学步，咿呀学语门槛的自己。我用这样的一个自己来置换出那个已经须发花白了的，六十七岁的自己。也就是说，这是个用四岁的眼光来观察，同时又用六十七岁的头脑来思考，来梳理眼前这一切的"我"的结合件，共性共感体。这种说法，其实，自有其理论依据。依据源自于佛学。所谓"父母未生前的本来面貌"，同一个灵魂，同一件神识，自无始劫以来，我从来便就是这么个"我"。它不会老去，当然它也未曾年幼过。

于是，我便可以放心大胆地用这样的方式来叙述我的故事了。

我从一九五二年的那条"弹街石"的溧阳路面上走过，踏上了那条窄窄的人行道。人行道是用大方块的水泥砖铺砌而成，每隔五六步就间隔有一块空隙，空隙的泥地上栽有一棵高高瘦瘦的细叶白杨。在我们这排屋前的那截短短的人行道上，共栽有约莫六七棵类似的树木，而杨树的枝叶又与家家户户小庭院里探墙而出的树杈交错在了一起，相映成趣，宛然形成了一条短短的"迷你"型的林荫道，精致而美观。

那年代，每家每户都拥有一扇黑漆镂空的铸铁门。隔着铁门，你能清楚地望见花园里的一切：树木花草，还有那扇通往客厅去的正门。铸铁门的底端两头各焊有一环铁圈，铁圈环钩在固定于石屎柱的铁轴上。我与和我年龄相仿的邻家的小孩们都喜欢吊在自家的铁门上，让门转过去又转回来，这种游戏方式，在我的记忆里，一直玩到了我上幼稚园后才终止。当然，后来也没铁门可转了，一九五八年大炼钢铁，每户的铁门都被拆下来回了炉，铁门换成了板条木门。而木门一用，就一直用到了一九七六年，我与母亲搬离此地。那年代，1070万吨钢是全国人民心目中都在渴望的宏伟目标。

但无论如何，一九五二、五三年间，铁门还健在。还是被安放在它原来的位置上，且可以自若地转动。当它的铁闩被拉开，背着溧阳路的方向推开时，六十七岁的我便踏上了两级台阶，走进了自家的家门。

这幅场景，这条溧阳路，这扇铁门或者木门，其实我在写《上海人》小说时，都曾有提及过。那是一九八六年的冬天，我去港定居后第一次回上海来。我去到旧居附近绕个圈，看了看。那时的溧阳路虹口港的改造工程还没开始，老场坊、老洋行什么的更是八字没一撇。但我说我见到在以前的小庭院里有一竿晾衣竹，新婴儿的尿布正迎着凛冽的西北风招展，遂让人感到了一种生命循环的激动。至于旧居外貌的那副破败相，则让人看了觉得心酸。再后来，就到了这一回。新世纪之初了。跨进了老年门槛的我，从香港搬回上海来住，住在了沪西的一套公寓里。在一个冷雨淅淅的秋晚，我又故地重游，所见情景，我已在前文述及。至于说旧居么，虽也被修饰过一番，但不伦不类，就像老妇人搽粉扮嫩，这种感觉，你懂的呀，一句两句说不清。

推开铁门，踏上了石阶，此刻的我正站立在一方约六平米的小园子里（父亲唤它作"天井"）。天井又分为两个部分。一条长约两米的磨石小径，通往再高出了两级的台阶，台阶之上站立着一扇朱红漆的大门。记忆里，那门永远是那么亲切，那么有安全感。它站立在那里，烈日寒暑，春夏秋冬。无论是在现实里，还是在我各种年龄段的梦回里，它都是同一种姿态，且都用那同一句无声语告诉我说：这里，就是你的家！

磨石水泥道的右手边是一片泥地，约四平米见方。之上，栽种着两棵树木：一棵石榴，一棵枇杷。至于一些小花小草什么的，无非春天是月季，夏天是幽兰，秋天是雏菊。寒冬来临时，小园里一片凋零，色彩与生机都归于寂静。一夜大雪后，在第二天再度照耀的朝阳里，松软白净的雪地上，只剩下那两棵树，落叶掉尽，褐色的树干却仍坚定地站立在那里，没有丝毫让步的意思。那石榴，是种只开花不结果的观赏性植物。一九四六年初春，是父亲亲手栽种在那儿的。那时，他刚从重庆回沪，代表国民政府，接收、管理有关日商留下的部分资源和产业。我不知道"荻思威路"的这排日式洋楼是否也属于这类性质的物业？反正，其中有一幢，就分配给了我父亲当住所。

石榴树在那地头上成活了有二十个年头，从一九四六到一九六六年。"文革"爆发，我家屡遭抄斗。父亲早已去了香港谋生，留下母亲与我，还生活在那幢屋子里。石榴树遭根刨的理由是：造反派们怀疑，当年我父亲会不会将黄金一类的价值品埋在了天井的泥地底下？故非得挖地三尺而后休。黄金当然没挖着，却让好端端在那里存活了二十载的一株生命遭了殃。假如石榴树也在天有灵的话，它一定会感觉冤枉：把我与黄金扯上号，这是什么跟什么呀？其实，当年的石榴树已长得很似个模样了。它高挺的树冠已超越二楼。每年春上，当枝头开始爆发出嫩红嫩红的新芽儿时，它那虎虎欲展的树梢尖已能触及到三楼阳台的底端了。睡三楼的我，只需蹲下身去，将手从石栏河的缝隙中伸出去，便能触摸到它。而横向里，它的枝叶，早已越围墙而出，与种植在人行道上的白杨树们握上手了。但没法，"文革"，那个连人命都难保的年代，谁还有什么余力去保护一棵"树命"呢？

至于那棵枇杷树，则老蹲在天井的一角。像个小童养媳，纤细、战兢，且营养不良地在那里默默地活了些年头。它在小庭院里之所以会出现，并不是有人去栽种的，而很可能是我在5月天的某一回，吃完了枇杷随手将一颗果核丢弃在了那个墙角后的结果。但可怜的它却始终没能"长大成材"，更遑谈会结出蜜甜蜜甜的枇杷来了。父亲对此事的判断是：在这片小天井里，凡树苗，都必须高蹿出天井的水泥围墙，才能吃到露水，才能吹到野风，因而才有希望迅速地拔高长粗。但就在这株枇杷树苗还没能来得及踏入其"青春发育"的黄金期前，它已与它的同伴：石榴树，一道被"斩树除根"了。

说完了树，仍旧回到我家的那条磨石小径上来。此刻的我，正站在道上，左右环顾，准备再踏上两台阶去推开那扇朱红漆的大门来。但在这之前，慢着，姑且先让我交代一下客厅大门外的几样细节。

磨石台阶每阶高约三十来公分，之上有一弯小小的拱形门廊，几条粗犷的水泥装饰线，把门廊弄出了一种简约的欧式风格来。门廊以及房屋的外墙都是拉毛的，灰水泥底上粘糊着一层薄薄的石英碎片。门廊的中央，安装有一盏奶白色的吸顶灯，而控制灯的开关却是置于室内的。晚上，假如有访客在铁门外按铃了，屋内人才会扭亮廊灯，一则可以看清来人是谁，再则也表迎迓之意。从门廊往右移过两米是窗的位置，窗台为内凹式的，也是灰水泥与石英石的质地。窗台宽约一米五，深约五十公分。窗户自客厅朝小花园的方向推开去，透光面积则为 2×2.5 米上下 —— 这是客堂间唯一光线的来源处。而窗户又分两层，外层是两扇油漆成了朱红色的百叶窗，朝内凹的窗台相对而开。内层则由两扇打方格的木棂框的玻璃窗组成。内窗户一合上，再插上了插销，声音全被挡在了室外，堂屋里显得很安静。

平时，百叶窗一直是保持着一种向外推开的状态的。它们永远不会自动合拢过来的原因是：两扇百叶窗的底部各装有一只小小的铜钩卡件，卡件有弹性，能自动张合。而钩闩则被浇固在了水泥窗台的墙壁里。开窗时，只需将窗叶往外轻轻一推，"咔嚓"一声，钩闩便将百叶窗牢牢锁住，毫无动摇之虞。但百叶窗也有掩上时，这是每当父亲打开了他的那座 RCA 落地收音机听音乐时。收音机的上方有一只老式的唱机盘，这是父亲的大弟弟，也就是我的六叔，从美国回来时带给他哥哥的礼物。说起

687号正门进口（小天井已改成了住房）

六叔，他也是个很有点故事的人物，暂且搁下，留待后叙。父亲常年保存有一厚叠播放起来会"沙沙"作响的七十八转黑胶膜唱片，除了"梅派"唱腔的经典片段外，就是那些诸如《蓝色多瑙河》一类的轻音乐作品了。无论是享受京剧还是音乐，父亲对环境的要求除了安静外，光线也喜欢要相对幽暗些才合其口味。只有在此时，那两扇常年敞开的百叶窗才有了合拢过来的机会。

在窗台与门廊间的那面灰墙上，早年挂有一长条蓝底白字的搪瓷匾，上书：吴俊会计师寓。一九五五年前，那匾一直挂于此。后来，公私合营在即，会计师这门行业日告式微，最终废除。而父亲也被统配去了财经学院教书。一个初夏的午后，父亲找人来登上梯子，欲将匾额卸下来。见状，不知怎的，我急了。我也说不清自己的感受是什么，反正一件从小就见惯了的东西，一样我将之视作为"家"之一部分的物件于突然间消失，令童年时代的我产生了一种莫名状的焦虑和失落感。我想要保住它，我问父亲：

"为什么一定要拆掉它呢？"

父亲说："爸爸现在已不再是会计师了，还挂它在那里，干嘛？"

我说，为什么不能挂？再加多两字，不就行了？

加字？加什么字？

"吴俊从前是会计师"，我说。

众人闻言，大笑不已。但我想，这又有什么可笑的？难道我有说错吗？

"会计师寓"匾牌这一场景，曾在我的中篇小说《叙事曲》里被借用过。被借用的还有那棵终年弯着腰的枇杷树（只是我用还没"成年"了的枇杷树替代了那棵已长大长粗了的石榴树罢了），它种在了弘胤家门前的那块三尺见方的小园地上。直到男主人公三十多年后从海外归来故里，它们都还在 —— 其实，历经世事变迁，它们是不可能还在的。还在，这是因为我那强烈的童年情结不允许，也不忍心，作者在创作他的故事时，将它们之存在删去的缘故。

东上海的前世今生

寒冬时节，最好在窗外还飘着雪花，通红的炉火，教人备觉暖意融融，家之温情油然而被唤醒，如此情趣，我只是在四五岁之前有见到和享受过，所述情景只能说是记忆与想象互补后的结果。

十

　　再回到原地来。六十七岁的我，就如此这般地穿越时空，回到了上世纪五十年代初。我站在了通往旧居客堂间去的水磨石台阶上，我不妨设想，门是轻掩着的，没上锁，就好像多少回梦境中，我所见到的那般。

　　我轻轻地推开了门去，在这度时空里，客堂间里没人。五十年代之初家中的陈设，都还完好无损地保存在那里。这是一间约莫二十五平方米的房间，房间成正方形，相当正气，房间里的光线半明半晦。进入客堂间，吸引你第一眼注意力的肯定是那盏从天花板顶上挂下来的吊灯。吊灯十分简约，就戴一顶封闭式的磨砂玻璃的扁圆形灯罩，与灯罩相对称的是白色天花板上的那几圈石膏装饰线条。这类型的吊灯，在五十多年的上海相当流行，现在已很难寻觅了。现在的家庭，厅房面积再小，吊灯却一定要用法国路易十三时代蜡烛灯头的那种款式，至于合不合适那又是另回事。扁圆灯罩内藏着的是一只100瓦的"亚光牌"灯泡。这灯泡一用就用了三十余年，直到一九七六年，我们搬离687号，它还是好的，还能被点亮。当然，它也不是常开的，就当年的消费习惯而言，常开100瓦的灯泡无疑是一种浪费。后来，父亲在靠墙的画经线上方，安了一条48寸的日光灯管。那盏100瓦，只有在除夕之夜，或家中来了什么好友要客时才会打开，顿觉满屋生辉，叫人感觉别样地兴奋起来。

一套棕黄色的英国古典皮沙发，三位、二位和单人的各一张，占据了客堂间的两面墙壁。客厅中央放置的是那张红木方餐台，八把带皮垫的柚木柄餐椅塞在台肚底下。餐桌平时是方形的，这是自家人用餐时，它的形状。但假如过节或迎客，菜碟数量陡增时，方桌的四只角下均可各自抽出一瓣半月形的扩张面来。这时的方桌便立马变为了一张小圆台，再添上两把椅子，坐他八个十个人，不成问题。

客堂间有一边墙是不摆放家具的，因为那儿是壁炉的方位所在。我必须说，壁炉是样很有情趣的东西：下方的所谓Fireplace，是燃火之处，平时有一块铸铁的兽面罩遮盖着，要用时，往上一拉，再朝里一推，即可。上方，有一长方形橡木质地的壁炉架，英文叫它作Hearth，形状如一张靠壁而放的边桌，可供搁放各类小件物品。壁炉所燃之物不是木柴，便是钢炭。因有通天烟囱拔风之故，燃火极易，且也无烟雾之虞。傍晚时分，火焰一旦熊熊燃起，室内即使不着灯（其实，凡烧壁炉时，闭灯往往比开灯更有情调）也能被映得十分亮堂，且还会有巨大的投影晃动在墙上，非常趣致。寒冬时节，最好在窗外还飘着雪花，

通红的炉火，教人备觉暖意融融，家之温情油然而被唤醒。如此情趣，我只是在四五岁之前有见到和享受过，所述情景只能说是记忆与想象互补后的结果。之后的岁月，非但物资日趋紧绌，而且这种西化了的生活方式也越来越不被社会所认同。故自然而然，Fireplace 的自身也年复一年地变得"心灰意冷"起来。壁炉架当然还在，家人的相架和我在学校里获得的"品学兼优"一类的奖状都堆放在了上面，其功用等同于半张闲桌。Fireplace 的炉膛之中，最后一次见到火光，那是在一九六六年的那个溽暑，抄家人员"光临"我家的前一天。当然不是为了取暖，而是为了消灭"罪证"。从来便温柔优雅的母亲，在那一天突然变得异常坚定、果断和镇静。她告诉我说，快，孩子，快帮妈一起将家里所有的箱柜都翻寻一遍，看来我家是逃不过那一劫的了！

那年，我十八岁。从母亲的眼神中，我完全明白了正在逼近的险情以及母亲的担忧。就我们母子两人，就一个通宵达旦的晚上，我俩居然将偌大一间屋子中的十几口箱子和一人一举手高的壁柜都翻了个遍，然后再不动声色地，又将其恢复了原样。我们找出了足足有两麻袋各种旧照片，名人字画，父亲的委任状，甚至连他与母亲两人那份印有青天白日国旗的大学毕业文凭和会计师资格证书都一同扔进了壁炉的炉膛里，一把火，烧了一个精光。翌日中午，当抄家队伍敲锣打鼓来到时，一切都已平静如初，除了炉膛里的那堆还没有来得及清除干净的灰烬，将手探入其中，竟然余温尚剩。造反派们倒是注意到了这条细节，查问何故，母亲答道，是她烧了点木板枝条什么的。

她经常这么做，原因是壁炉长期不用，烟囱通道里有老鼠出没，扰得人晚上睡不安宁。造反派们想了想，觉得也有道理。再说，他们这次抄家的最大目的是要找黄金，而黄金与壁炉里的灰烬也扯不上什么关系，故作罢。

再回到一九五二年的那间空无一人的客堂间里来。仍旧只有我，六十七岁的我，一个人站在房间的中央。刚才，我是产生幻觉了：一九六六年夏天的那一幕，连同满屋子指手画脚的红袖章们的叫骂砸物之声，就像电影里的一段插入情景，随着主人公脸部特写镜头的越变越清晰，画面与声音都开始渐渐地淡出了记忆的背景，一切重新归于寂静。仍然是橡木的壁炉架面对着我，上面放着一厚叠黑胶膜的唱片，还有几册杂志书籍什么的。照片也是有的，就是那张镶在相架中的，在南京路"王开"照相馆里拍的十二寸的放大照。照片上坐着中年的父母，以及童年时代的我，我的手中抱着一只类似绒毛熊的玩具，站在他俩中间。这是父亲最喜爱的照片中的一张。他老喜欢那样说：

"你看，那个瞬间 —— 各人的脸部表情都好，都很传神。这种瞬间是很不易被捕捉到的，王开就是王开，摄影师技艺了不得！"

也是因为父亲欣赏的缘故，那张已经开始发黄了的照片，在我童年少年记忆力所及之处，它就始终没从壁炉架上移开过半步。壁炉的一旁，放着一张藤条摇椅，平时，放唱片听音乐，父亲就喜欢半躺半坐在那藤椅里，映着壁炉的火光，欣赏Strauss的旋律。

　　壁炉再延伸过去，墙面上便出现了一个巨大的壁龛，这是壁炉拔风烟囱的突出部分与墙面对接时，所产生出来的一种凹凸式的建筑效果。然而，壁龛的空间也并没被浪费，嵌入其中，正好安放进了那座 RCA 的落地收音机。再过去，墙便开始转弯了，转弯而形成了客堂间中的那最后一幅墙面。说是墙面，其实，也不能算是垛正式的墙。在这面墙上，除了那扇面对天井而开的百叶木窗外，还有就是我从那儿进入客堂间来的那扇橡木大门。一窗一门，倒占据了几乎墙面面积的四分之三强。留剩下了的一条窄长的壁面，之上，常年挂有一块小黑板。这是父亲特意挂在那儿的，每天，小黑板上都会换上一条新的，从《论语》或《史记》或《春秋》或《左传》中选摘出来的语录。晚饭过后，我与表兄弟们坐在一起，面朝黑板望着，聆听父亲对每一条语录的注释和延伸讲解。这种记忆一直可以追溯到父亲离开上海去安徽才终止。后来在学校里，也有背诵"语录"之事，但不是孔子语录。五十多年后的今天，当新到任的领导人哪一天早晨醒来突然领悟到了些什么，说是又要提倡儒学教育，大办"孔子学院"之际，我定神想了想，在我记忆深处能翻箱倒柜找出来的孔孟之语，也无非就是当年从小黑板上学到的那几条。

日长月久，中间走路之处油漆渐渐褪去，木板本色外露。而四周少人，甚至无人踩到的地方，油漆依旧拖红如新，光亮照人。

十一

　　我开始从客堂里走出来，往后门方向走去。这里是一条通道，三米来长，一米半宽。过道一前一后共有两扇门，一扇是客堂间的后门兼过道的前门，另一扇则是过道的后门。也就是说，两扇门一关上，过道也能成其为一个封闭的空间。然而在此空间中，又有一处缺口和另一扇房门。缺口是通往二楼去的扶梯进口，另一扇门则是被家人称作为"小房间"，实际上也就是客堂后间的房门。通过过道的后门，再跨下一级台阶，你便算进入到这座房屋的后半部分了。后半部分包括了：厨房，卫生设备，一小截水泥过道以及一方盖有毛玻璃顶檐的"天棚"。

　　在我开始详述房屋其他建筑部分和设施前，我想，我还是应该回转头去，再一次地看看客堂间里还有什么遗漏的细节我没向我的读者们交代 —— 趁我还没将它的后门完全关上前。

　　有的，应该还是有的。虽已不多，但至少还有两条不能不一提的细节。第一条是：1952年的客堂间墙面上应该是挂有不少字画长轴的。长轴从墙壁高处的"画经线"上垂挂下来，直至观者齐腰处。那年代造的楼，楼底通常都很高，故很少有听说拉"墙角线"那回事。"画经线"倒是有的。所谓"画经线"，是在壁面距天花板约五十公分处，安钉上一条中凹的木质阔板，围着全屋那么绕一周。颜色多为深棕色，以便能与油成了浅湖绿的墙身形成一种色泽上的比差。如要挂画，则须先去字画店里买一种叫作"挂钩"的金属承挂配件来。挂钩分大小两端，大端爪钩于"画经线"的凹陷处，小端则外露。挂画时，你只需将所挂之画用丫杈柄直递至承挂件的小端处一挂上，便可。就如今日里，我们常在"朵云轩"或"荣宝斋"见到店员们操作的那般。客堂里的壁挂是否贵重值钱，童年时代的我，真还弄不清楚。只知道有两幅吴昌硕和任伯年的画（真伪莫辨），其他则多数为有题款称"圣清兄补壁"者，想必都是真货。其中，就有沈尹默的书法作品若干。

　　有关客堂间，另一样应提之事是：它的地板。

　　本来，全幢楼的地板都是阔条的洋松（即"花旗松"）板，唯底层让父亲给拆了，全换上了杉木的。原因是，他认定杉木抗湿性能强，而此居临水，湿气大，再说又是底层。如此一换，杉木地板必能经久耐用许多。杉木板抗不抗潮，我不知道，反正整幢屋子，要数客堂间里的地板最难看。多木节不说，木材质地又松软，人脚行多处，踏出了一条条的凹痕来，颇不雅观。还有，全屋地板都给父亲油成了光漆的朱红色。他说，他不喜欢蜡地的原因是：蜡耙子每日都要拖它一拖，耙子笨重，拖来

687号坐落于“兰葳里”的后门

拖去的，吃力不说，还会撞坏了家具。他认为光漆地板易打理，只需用湿拖畚每隔数天过一把水就可以了。却不知，光漆地板方便清洁，那是指它新油时。日长月久，中间走路之处油漆渐渐褪去，木板本色外露。而四周少人，甚至无人踩到的地方，油漆依旧艳红如新，光亮照人。如此而形成的怪异的视觉效果，看上去就如红色原野上的一条白色小道，直通原野之尽头。这种情形不仅客堂间如此，二三楼也一样。不同的只是客堂间里人脚纷至沓来，每日很少有间断时，故其状态比二三楼的更糟也更见衰败罢了。

然而，就在我见到她的第一眼时，我便着了魔。这一切都发生在瞬刻间，我失去了对自己的控制力，我对自己的控制力，也放弃了对自己的控制力。

十二

　　我向客堂间丢去了最后的那一瞥，并将房门轻轻掩上，遂将整片于午后的阳光里闪烁着一种微弱反光的杉木地板，以及坐落于其上的所有的家具都被关到了门的背后去。我的动作是那么地轻，轻得就像是怕一不小心便会惊醒了正在那里沉睡着的灵魂们。

　　与客堂间门成九十度角而立的是另一扇门，这就是"小房间"的房门。这是一间大小约八米见方的暗间，假如你将不能站直人的扶梯倾斜处也一同计算进去的话。这间暗间之所以当时会被间隔出来的原因，以今日的我之估猜，应该是为了"遮丑"，为了能让客堂间看上去更正气，更易于布置。否则，让上楼梯去的斜角面也都暴露在堂屋间里的话，成何体统？ 却不知，在欧美设计师的理念里，凡遇斜梯倾角处，正是全篇室内设计中最多创意，最能出彩的地方。但当年的国产居民 —— 包括像我父亲，这种接受过高等洋教育者 —— 都不会有此审美观。而我，只是一不留神，又将六十七岁的我的阅历和理念错位去了一九五二年。

在一九五二年的时候，这暗间的全部功能是堆放杂物。有些暂时派不上用场，又舍不得扔掉卖掉的家具，还有厨房里放不下容不了的柴米油盐酱醋等瓶瓶罐罐，都一股脑儿地往里塞。经常会听到母亲这样说：

"拿伊摆到小房间里去！"或，在找什么但又找不到什么时，又说：

"到小房间里去寻一寻，看看有伐？……"

那时，"小房间"是间名副其实的 Storage。这种情形一直维持到五十年代末期，父亲从安徽退职回家，家中经济开始拮据。为了节省开销，父亲将二层楼面全都转租了出去，"小房间"才开始正式睡人。本来居于二楼正房与亭子间里的外祖母和表兄弟们都搬来这里睡。小小的暗间里，一横一竖搁了两张床。其中有一张，竟然还将其三分之一长度伸进了梯级的斜角面里去。

然而于我，小房间里藏匿着的却是我青少年时代最丰富的生活情趣和青春萌动期的种种斑斓的记忆和想象。

一九六六年，屡遭抄家之后，外祖母也去世了。大姨妈一家被"扫地出门"，我与母亲的住房遭紧缩，三楼全层被没收，再作分配。某单位的一个造反派头目一家搬了进来，而我与母亲则搬到了底层来住。以前的客堂间变为了母亲的卧房兼日常起居室，小房暗间则成了我的专用的活动场所。从十九岁到二十九岁，十年时间，每晚我都在那里度过。白天当然是又要回到前间里来生活啦，我在客堂间里拉琴，写作，学英语，读书，听唱片，接待朋友，聊天兼（偷偷儿地，小着声地）"骂他几句娘"——咒骂当时的那个荒唐而又疯狂的年代，以及在那些年代里涌现出来的各式各样的上台下台，下了台又上台，上了台再下台的走马灯一样的人物——管他是"革命"的还是"反革命"的。然而，在一九五二年的这个虚拟的回访日里，我怎么有可能想象到，在整幢溧阳路687号中，原来命定了与我最有缘，相伴最紧密和长久的竟然是那间客堂间，还有就是那"小房间"——有时大白天，我也喜欢一个人待在那里，静静地躺在自己的那张小床上，做我的白日梦。那时的我，正坠入在初恋的爱河里，就着从外间里透入来的微弱的光线（后来在小房间与客堂间的隔板上方安装了四扇玻璃拉窗），望着它们在天花板上交织变幻出来的各种图案和阴影效果，听着楼上人家奔上楼去

从哈尔滨路远眺虹口中学与救火会

时的"噔噔噔"的脚步声，我的想象充满了缤纷色彩。

　　恋爱，少不了要与女朋友一道去公园拍照。去得最多的，自然还是虹口公园。当年，因为父亲去了香港的缘故，家中的经济条件大为改善。母亲又什么都依顺着我，我因而拥有了那个时代，在我那个年龄段上的青少年们所可能拥有的最优佳的物质生活的资源：两只照相机（一只135，一只120），一台相片扩放机，一辆二十八寸的"永久牌"自行车，一座落地收音机兼唱机（早已不再是那台RCA了 —— 那只美国的老家伙，早在一九五九年那会儿被父亲变卖补贴家用了），一台"上海广播器材厂"生产的胶带录音机以及一只九寸光屏的"飞跃牌"电视机（电视机是在一九七〇年后才添补进来的）。与女朋友公园拍照回来，就自己动手放大照片。我去南京东路"冠龙"照相器材店买回来了放大纸，显影定影药水。然后就一头钻进了"小房间" —— 那间天然的"暗房工作室"里去。在一只包上了红布的

15瓦的灯光底下操作这一切。这样"生产"出来的相片，底色一律偏灰。但这并不要紧，要紧的是相片中人的笑容却比三月天的阳光更灿烂，春光更明媚。我想，这些相片中的一部分应该都还在，它们留在了我的香港的家中。我的那位女朋友后来成了我的妻子，妻子又变成了"前妻"——尽管那是在四十多年后发生的事了。今天，当一个孤寂而索群的我生活在上海西区的一套空荡荡的公寓里时，我常会默默地回想起这一切往事来。我想念我的那些老相片，相片中的场景，相片中的人面桃花。它们还在吗？她会不会把它们全都扔了呢？我会问自己一连串不可能会有答案的问题。

说起初恋，我知道，再怎么克制，我都还会跑题。但跑题，这次就让它跑多一回题吧。这么多年来，我总在渴望能一吐那真实的我与她的故事。她不是《上海人》中的晓冬和乐美，她也不是《长夜半生》里的湛玉或雨萍，虽然她们都有她的影子。她，就是她。

我之初恋，也是迄今为止我这一生中的唯一恋。在对待异性感情的问题上，我从来便很拘谨，也很choosy（拣择）。明明知道那里有条河，叫爱河，但老离它远远的，就生怕不要在哪天失足跌落其中而遭溺毙。然而，就在我见到她的第一眼时，我便着了魔。这一切都发生在瞬刻间。我失去了对自己的控制力，也放弃了对自己的控制力。爱河，现在已不是跌不跌人的问题了，而是狂奔而去，直接跳了进去。假如世上真有爱河溺毙人这回事的话，那是我自己当年当时当地做出的一个当场的选择，怨不得别人。那是个初秋的午后，阳光洒满了整条溧阳路。

她是我学琴的同学，一位姓张的提琴手是我俩共同的音乐导师。

其实，张老师的家就位于我们那排房屋的首幢，他家住二楼，正面对着哈尔滨路桥。我在"虹中"念初中时，每天傍晚放学回家，从哈尔滨路桥上走下来，总能从他家打开着的落地长窗间望到张老师练琴的背影。丝丝缕缕的琴声从窗口里飘出来，令人着迷。而我，总会在他家的露台底下小站片刻，在陶醉与冥想中度过若干分钟，继而拐上溧阳路，回自个儿家中去。再后来，我有机会结识了张老师，更有幸被他收纳为徒。于是，我一有空就往他家里钻，只是渴望能面对面地听他拉琴。听他拉圣·桑的"引子回旋曲"，巴赫的"无伴奏奏鸣曲"，克莱斯勒，萨拉萨蒂。我用十二分虔诚的目光望着老师在拉琴时的脸部表情，望着他的手指在指板上飞舞的动作，望着他的那把捷克古琴高高翘起的琴头。于是，于是便到了那个秋日的午后。

张老师有好几个学生，唯这一次的上课时间，我恰好被安排在了她的后面。当我进入老师的琴室时，她正在回课。我记得很清楚，她拉的是"开塞"的第十七课:颤音外加 staccato（断弓）的那首练习曲。她一尘不沾，流利地拉奏，令站在她背后的我感到惊讶。然而，当她完成了课程，转回脸来，准备将琴放回琴盒里去的时候，我的惊讶更变成了惊呆！她的美貌比她的琴艺更高出何止百倍！从窗叶里射入来的秋阳将她的脸部轮廓镀出了一层金色的光晕。一下子，便让那个正处于青春年岁上的我像被卷入了一个深不可测的旋涡一般，而无法自拔了！

之后，我再去张老师家时，除了圣·桑和克莱斯勒外，我更是怀着某种暗暗的期盼的。十次中或有一两次，我能如愿以偿。我因而一次再一次地见到了她。但我胆怯，我什么都不说，更不做。我甚至连望也不敢正面望她一眼。她的原型后来转换成了《长夜半生》中的那个湛玉 —— 至少在美貌与暗恋那件事上。我说兆正老喜欢用一种裁剪好了的目光去观察，去欣赏一位他的爱的偶像，其中一部分的情景与心境皆出自于此。但她不是湛玉，更不是我的同班同学。我已经说了，她就是她。就是那个秋日午后的阳光将其脸部的轮廓线勾画出了金色光晕的她。

那些日子，陷入在半单相思状态之中的我，日子仿佛是头与脚颠倒着行走过来的。我一会儿猜她会，一会儿又猜她肯定不会。那种恍惚之中的甜蜜，那种被不确定折磨时，受虐式的幸福感，你说有多神奇就有多神奇。

我的这种行为与表情之异常很可能被母亲觉察到了。因为有过好几回，母亲与我一同去过张家（大家毕竟都是邻居），她于是也见到了那位美少女。1969年盛夏的某个清晨，天刚蒙蒙放亮，母亲便来到了我睡的"小房间"。她隔着蚊帐将我推醒，没头没脑地问了我一句：

"侬啊是轧女朋友了？"

我睡眼惺忪，说，什么事啊，这么一大早？她便将话又说多了一遍。我差一点儿就"忽"地坐起了身来 —— 那时的她与我的关系，充其量也只能说是我感觉到她并不嫌弃我，而且，她也有点儿那么个想要接近我的意思。就这么一片希望的曙光在天边时隐时现。我装作啥事也没似的，说：

"妈，您在说什么呀？"

母亲用手撩开了蚊帐，用眼睛直面望准了我的眼睛。她说：

"姆妈刚才做了个很奇特的梦 —— 就刚才。"她稍作停顿，然后继续说道，"梦境很逼真。在梦里，我见到你在前边走，我喊你，你不回头；我追你，又追不上。你走进了一片桃花树林，我跟了进去。那一大片一大片艳红色的桃花开是开得耀是耀得来 ——"

她突然撇下了话头，继续望定我。好长一会儿，才又继续说道：

"…… 后来，我从林子里走了出来，而你，我仍未找到。我回头望去，不见了桃花林，那里变成了一顶丝瓜棚。有很多又大又黄的老丝瓜从棚顶上垂挂下来。那种老丝瓜咧，侬应该是晓得个，就是那种吃不得，只能拿来擦碗擦锅擦桌子当丝瓜茎派用场的老丝瓜 ……"

她停下了叙述，我们俩面对面地坐在床头上很长一段时间，没人吭声。我问：

"姆妈，你做这梦又能表示点啥呢？"

"唉！"母亲叹出了一口气来，"姆妈也说不上。姆妈只是觉得，假如你真有了女朋友 —— 交上了桃花运的话，这梦，绝非是个好兆头。尤其是到了你年老时 ……"

我"扑哧"一声就笑了出来。我说：

"姆妈，您这个老迷信！再说，我也没有女朋友 ……"

但我心里说的则是另一句话：假如她真成了我的女朋友的话，那还不是我前辈子修来的福？我只想在年轻时就能得到她，还管什么中年老年的！但不管怎么说，我的母亲素来就是个很有灵性的母亲，她灵异的第六感在我这一生中有过许多次出人意表的兑现。但那梦是暧昧的 —— 不是吗？ 就是到了我六十七岁的今天，我的家庭和婚姻都弄到了这步田地，我还得说，这最多也是个隐喻罢了。然而，梦之本身，作为上帝告诫人的一种方式，使用的不常常是隐喻吗？ 故，我还是决定将它记录在案。至少，此梦的意蕴 —— 假如真是有点儿什么的话 —— 绝不是当年我的那"扑哧"一声笑就能将其轻易打发过去的。

后来，又过了好久。我与她的恋爱关系已经确定（请注意：在我们那个年代，所谓恋爱关系确定，叫"敲定"。凡"敲定"者，便意味着，你一定得娶她，而她，也一定得嫁你。否则的话，就变成生活作风问题了，会有劳于有关部门，诸如派出所、居委会什么的出面来干预的）。在一次毫不相干的上下文中，母亲突然问我：

"孩子，你读书，有在书上读到过'目露凶光'这一说吗？"

我停下了手中正在干的活儿，抬起头来望着母亲，我全然不明白她意指甚何？ 但母亲却不望我，她的目光移去了别处。她自言自语道：

"目露凶光，那是指会有那么个瞬间，之后它便会迅速地收敛而去。但凡这种人，平时的目光往往是很迷人，很良善，很…… 很什么呢？ 很勾心勾魂的……"

就这么一段话，它的上下文都隐没在了记忆的黑暗之中。再到了后来，那是几十年后的事了。我罹患了焦虑惊恐症，病得很重，对生活几乎完全丧失了信心。我一个人跑去看精神科医生。在开定了处方后，那位精神科的女医生双手交叉地平放在察症桌上。她神情沉静，言语轻柔，她面带微笑地问我说，下次来就症，能否带一帧我家"全家福"的放大照来给她瞧一瞧？

"全家福？"

"是的，全家福 —— 就是说，包括你家所有家庭成员都在内的正面照。"

"噢……"我满腹狐疑地漫应着，"您这是…… 您要看谁？谁的什么？"

"谁都要看，至于看什么嘛，"她略作迟疑后，说道，"看人的眼神 —— 也包括你的。"

"我的眼神？…… 你现在不就已见到了吗？"

"不，我们要看的是人最不经意一瞬间的眼神。"

"但眼神…… 眼神又有什么可看的呢？"

"你是个作家，你不应该不知道眼睛原是人之灵魂窗户这一说的 —— 是吧？而我们干心理科这一行的，往往会对人的眼神感兴趣……"她不知所谓地笑了笑，随手拿起了另一份病历卡，准备叫下一号病人进来。这是我该离开的时候了，而就在这一刻，母亲几十年前的那句话，像一颗流星，突然出现，划破了我记忆漆黑的夜空，滑向天边。而我的心也不由自主痉挛般地抽搐了一下。

东上海的前世今生

十三

再阅该段文字，仿佛弄堂玩伴们躲在门背后轻呼吾名，要我一同出来撒野的音声都能隐约闻之。而与他们一道撒野，这是一九五二年到一九五五年间，我的最大童趣之一。

　　我定下神来，左右环视。我发现自己仍站在一九五二年溧阳路687号，客堂间后门的过道处。我身后的那扇门已经掩上，而右手边"小房间"的房门却打开着。那年代的"小房间"当然还是间储藏室，而我正以六十七岁的目光来审视四岁的我所生活的那个环境 —— 瞬刻间，我作家的想象力一把就将我跑了题的思绪又拽了回来。

　　即使一定要按照既定逻辑来推进我的故事之前，我仍执意要在这里加多一些插入语，可能是多余的，也可能并不见得。所谓仁智者自见，插入语的好处往往在于：它与正文是若即若离的，藕断了丝还牵扯着不肯断。这句插入语是这样的：事至如今，很多人生的谜团都已经打开。是的，谜底总是打开在你读了想了谜题之后。但，你又是否曾想到过还会有另一层可能呢，谜底的存在其实是远早于谜题的出现前？ 也就是说，出题者往

往是在反复琢磨了那个谜底之后，才试着用妙语或隐喻来结构出他的那个谜题的呢？信佛之人应该都知道这句话"人生酬业"。人生很多事，躲不开，怨更糟。所谓"一饮一啄，莫非前定"。但，究竟还有什么仍在我们的掌控之中呢？ 平静面对，镇定处置，然后，努力精进。因为还有另一句话：天道酬勤。而那第三句话则是我自己添加上去的，我拥有其"知识产权"：佛道酬信 ——信心决定一切。

六十七岁的我的一只脚踩下了一级台阶去，于是，我便进入了这幢住房的后半部分了。

现在，地板那部分已经结束，我站在了一块水泥地上。我的前方是通往厨房去的拱门的门框（只有门框，没有门），而我的右手边则是天棚。这块约莫七八平方米长宽的所谓"天棚"，其实是房屋结构内部的一井深通气兼通光口，上顶天穹，下接地基。而它的四面都被建筑的红砖所包围。正因为了它的存在，扶梯厨房和浴室才有了光线与空气的对流口。我家的天棚（别家的怎样，我不太清楚 —— 再说，每家的天棚自有每家不同的用途）筑于一层通往二层去的楼道的拐弯处，铺设有一片钢丝玻璃的顶盖 —— 而这，就所谓"棚"，这个字使用的出源处了。

但何谓"钢丝玻璃"？ 这是一种特制的玻璃产品：两层厚厚的毛玻璃复叠在一起，中间夹一层钢丝织网。这种"玻璃三明治"，既透光，承压度又强。不怕高空坠物，有需要时，还能让人自扶梯拐弯处的窗口里爬出去。踩在棚顶盖上作一番清理。

这里有一段我在小说《后窗》里对我家"天棚"的文字描写，兹摘录如下。之后，再从 Non-fictinalization（非虚构化）的角度，对其真实度进行一些修补。

"之后，满手泥巴的我，便会蹦跳着地穿过客堂间、走廊和楼梯口，进入到那间'天棚'里去。所谓'天棚'，是房屋正规建筑间的一截对着天空的通气口，被父亲网盖以一副铁丝毛玻璃的棚顶。棚下种了一池荷花，养了一缸金鱼。大雨滂沱的灰色早晨，听着猎猎的雨点打落在玻璃顶盖上，让人无端地滋生出一种酥酥软软的忧郁来。"

如此描述基本属实。那时的我，就是一九五二到一九五五年间的我，正就读于溧阳路北端的一家叫"灵粮堂"的教会幼稚园高班。这里唯一要作修改的那个字是：一池荷花的"池"字。也应换成"缸"才合理。没那么夸张，总共八平方米的"天棚"里，哪还会有"池"的用武之地？ 事实上，父亲喜种睡莲，又爱养金鱼，而天棚顶盖上的玻璃之中有几块是可以移动或撑启开

虹口某弄弄景（约二十世纪五十年代）

来的，如此一来，晴天的正午，哪怕再短暂，整个天棚里也会有半点多钟的阳光直射而入。对于睡莲和金鱼们来讲，那可已算是"佛光普照"的宝贵辰光啦。

　　还有若干要补充的：天棚的地台是水门汀的，设有下水道。是为了能让自棚顶和三楼晒台流下的雨水有个出处。四周墙壁齐腰处则砌有白方瓷砖，靠楼梯的墙壁处还设施有一对白瓷的盥洗盆，平时作洗涤衣物和被单之用，一旦有水溢出也不怕，反正有现成的下水道。这种情形至少到一九五八年前一直如是。后来，那些铺砌于日伪时期的棚顶玻璃开始老化，龟裂，继而漏雨、渗水。天棚的维修迫在眉睫。但找遍了当年所有的五金店，父亲也没法寻到类似的建材。没法，他只得找了房管所的师傅来解决问题。师傅解决问题的方法很简单："乒乒乓乓"一阵榔锤，无须半个时辰，就将玻璃棚顶拆了个精光。代之而起的是半截油毛毡的斜披檐棚。他们的解释很简单，说，衣服破了，还补它干吗？脱光扔了，就穿它条短裤衩不就行了？当时人们的意识或者就是如此。行是行了，但满街都是穿裤衩光上身的行人，雅观吗？但他们说雅不雅观，那是你们知识分子的想法。咱们这些干粗活的人就顾不上这些啰！

童年时代的天棚记忆到此为止。再到大雨滂沱时，那已不再是雨点打在玻璃棚顶上，让人感觉忧郁那回事了。而是油毛毡斜披上的雨水瀑布似的觑倾流而下。别说整个天棚成泽国，就连过道的水泥地上也湿漉漉的，要等天放晴了好几日，才能干透。

继续向前。穿过了厨房的拱门，我站到了厨房的中央来。

厨房，上海人一般都叫它作"灶披间"。这种叫法的由来，经我私下里考证的结果如下：沪上弄居户都以贫困者占多。所谓"七十二家房客"，一幢住宅被好多家庭占用的情形当年相当普遍。拥挤而逼仄的居住条件，稍稍正气一点儿的房间都让屋主拿去当作待客以及卧室之用了，日常生活的附属部分，诸如举炊、排泄、净身之类，一般都马虎了事。就说厨房吧，只要能在屋址之一隅覆盖以斜披一幅，唯求能避风遮雨，得以容下一只煤球炉付炊便可。日而久之，"灶"以及"披间"两词便结合在了一块，开始流行于坊间，遂演变成了沪城方言辞典中的一个重要的日常词汇。

但我家不是。一九五二年时不是，之后好像也一直没有是过。"灶"字或者适用，"披"字却毫不相干。因为厨房非但是正规建筑中的一个组建部分，且还集厕所、浴室、水斗之种种设施于一身，是一家人日常生活中吃喝拉撒的重要集散地，故绝不能小觑其功能。现在且听我来描述一番一九五二年时，我家厨房内部物件的位置分布图。

自客堂间进入，与其拱门相对称的，应该就是我家的后门。由于它开向"兰葳里"故，一九五二时的我家便有了两个地址：溧阳路687号和兰葳里77号。邮寄信件包裹，随拣其中一个填之，均可寄达。我在小说《后窗》里，作过如下一段描述："……厨房有一扇朱红漆的双开门，开向后弄堂。这是一扇除了过年，这样的大节日，才会毫无保留地双双敞开外，平时只开半扇的后门。而童年时代的我，就老喜欢从这半扇虚掩着的门中偷偷地溜进后弄堂里去。在门内还未传来母亲的呼唤和父亲的训斥声之前，我是决不肯自愿回家的……"如此行文，真实且传神。再阅该段文字，仿佛弄堂玩伴们躲在门背后轻呼吾名，要我一同出来撒野的音声都能隐约闻之。而与他们一道耍野，这是一九五二年到一九五五年间，我的最大童趣之一。

在后门与拱门的通道间，常年搁有一张乌黑深重的橡木备餐台。锅、铲、勺、法兰盘、砧板、刀具挂满一墙，而菜蔬、鸡鸭鱼肉、碗筷碟盘、汤勺等又堆满了一桌。厨房里弥漫着一股生肉活鱼的腥味，每回，当我自拱门绕桌而过，打算从后门溜出去玩时，总感觉好像是嘉兴路菜场的一角搬来了家中。

厨房最右手的那整幅墙面则被一对在设计、颜色与款式上都完全相同的日式夹板趟门所平分。移开其中一扇门，内设一白瓷蹲式便厕，之上高悬着一只一人高的白瓷水箱。如厕后，一拉泵链，湍急的水流顷刻之间即可将便沟冲洗干净，恢复原观。这个只有两米见方的厕所很明亮，因它拥有了一扇开向后弄堂的木窗，木窗的八块方形的毛玻璃让它有了足够的光通量。另一扇趟门的背后则是一口用白瓷砖直接砌在了墙上的日式方形"浴池"，水深及腰。而假如让我们小孩坐浴其中的话，水可没颈。浴房的光线也同样明亮，它有一扇开向天棚的大窗。夏日洗澡，总是在傍晚时分，水池里放一小半水：冷水源自于浴池上方的那只黄铜水龙头，热水则必须从煤球炉上烧开两铜吊水拎进来。或者跑去"老虎灶"打两瓶热水来，更省事缩时。准备就绪，母亲便叫我脱光了衣衫裤，她在我细细的胳膊上轻轻拧一把，笑道：

"一只剥光小田鸡 —— 快，快跨进浴缸汏浴去！"

小小的浴室里蒸汽弥漫。母亲将趟门拉上，窗叶却推开了半扇，自己则跨上一级瓷砖台阶，满头大汗地帮我抹肥皂，擦背洗身。然后再用一块大浴巾将我全身一裹，抱我去客厅的长沙发上躺下。她用毛巾将我全身抹干了之后，又拿来了一圆盒"三星牌"痱子爽身粉：这是一只只要你将马粪纸盖旋转半个圈，清凉的痱子粉就能像今日里你去饭店往汤面里撒胡椒粉那般地撒在了我的颈上，背上，腿上。我说：

"妈，可别搽脸。他们又要笑我是'白骨精'了，他们会扮孙悟空来打我的 ……"

但母亲说："乖囡囡，后弄堂里就勿要再去皮了 —— 听到了伐？等一息又弄一身臭汗，汏了浴等于白汏 ……"

我嘴里"噢"，心早已飞了出去。我仿佛能听到阿三他们正躲在门背后，"咕咕咕"地学猫头鹰叫招呼我呢。

那方砌墙浴池，连同那扇趟门和白瓷砖的台阶统统拆除于一九五五到一九五六年间。原因是管道煤气通入了"兰葳里"，而我家又是这条弄堂，这排前屋首几家安装煤气灶的。当年装煤气来煮炊是件带点儿"奢侈"性质的大事，寓意朝"现代化生活"迈进一大步之标准于其中。安装费用相对于当时的生活费而言也属不菲，从父母亲的谈话中，我听到好像是八十百把块这个数字。我对当时钱币的价值毫无概念，知道贵，但也不清楚究竟算是贵成了怎样？重要的是，由于煤气灶的到来，那方浴池的位置给人霸占了去。那年代的煤气灶头特长也特大，分三灶圈、两灶圈和单灶圈的共三排，好像家家户户每日每天都有大锅的食堂餐要煮来吃似的。而且，再说了，那年代的厨具用品中当然不会有"方太"、"老板"一类的各种品牌与款式供你选择啦，就此一家，而一家就此一种规格。故，假如你家没有至少2×3米的空间位置来作安装灶架的话，即便你肯出钱，煤气也装不成。为了实现现代化生活的梦想，父亲决定拆除浴池，腾出空间来使用煤气。从此洗澡便改用了红漆大木盆，洗澡处也换去了"小房间"。至于那条便沟与白瓷冲水缸倒一直保留在原位，直到我一九七六年搬离上址时，它仍在。

说完了浴池，便厕与煤气灶，对于那幅墙面上所有设施及其变更档案的历史也都算有了个交代。墙壁于是拐过了弯来：这是一幅与天棚只有一墙之隔的壁面。此壁靠厨房过道的那一头的最大占用面积是一只很大的水斗。水斗的上方装有一扇双开窗，窗叶开向天棚。故此，厨房里也是全天候光线充沛，即使是在完全关闭了后门之后。水斗与浴池的趟门之间还留有一处一到两米的空隙，其间坐落的就是那只我家用了十多年的煤球炉。煤球炉"离休"在一九五六年，当新一代的"领导集体"——三位一体的煤气灶头公开亮相，并粉墨登场了之后。

先说水斗。其实水斗也没啥好说的。一方水泥砌成的盥洗盛器，上方一只黄铜质的水龙头，一拧开，水就能"哗哗"地流下来。每次，当母亲从菜场回家，水斗便充作了临时的"放生池"。她将斗底那窟窿去水孔用橡胶塞堵上，水斗便成了水缸。放上大半池的水，好让鱼虾们能先在其中一舒其鳍，顺便也可以清洁清洁鳞片上沾着的泥巴。我站在一边观看，我喜爱鱼儿们在水中自由自在摆尾的姿态，心想，如能让它们就一直这样地活下去该多好哇！但好景不长，最多也个把两个钟，午饭前，它们就会被一条条地从水斗里捞出来，放到了砧板上，成了"俎上鱼"。然而每次，我总还是缠着母亲，要她留几尾小鱼或小虾给我。我只想把它们"放生"到天棚里的那口金鱼缸里去。母亲喜欢我，每次有水产买回家，她总不会忘了给我带多几条小鱼回来，一尽我意。有一次，她竟给我弄来了一只六板块的绿毛小龟，我见了，高兴得蹦跳了起来。（此等童年趣事，我都在拙文"童年的鱼缸"里有写到过。因该文为随笔，非虚构小说，故其真实度还是较高的，无须在此再作修正。）偶尔，父亲也会踱来厨房里转一转，见我如此，就笑了笑，道：

"从小就有慈悲心总是件好事。但这年头，'人命'都难保，还保'鱼命'？咳，小孩毕竟是小孩……"

之后，我才知道，他说那话时，正值高校"反右运动"高潮期。那次父亲差点儿就成了"网中鱼"，但幸好，没有。他及时地滑脱了，非但滑脱，还一滑就滑入了大海大洋中去，他于一九六二年去了香港，从此再没回来过。他在那块自由的岛屿上一直活到一九八五年，那年他七十五岁。其实，渐渐老去了的父亲健康日衰。他长年患有严重的肺心病和支气管咯血症。但居然还能只身在外，挨过了一个又一个的病关大难，奇迹般地存活了下来。

　　说说水斗，还扯出了这么一堆话题来。现在的厨房中只剩下一样物件没说过的了，就是那只煤球炉。自我一有记忆始，见到的就是它。而它，就摆在那同一个位置上。我的大姨妈（也就是我母亲的姐姐，我两位表哥的母亲）老站在它跟前，时不时地拿着把蒲扇，对着煤球炉下端的通风口扇上几扇。要开大油锅时，便加多煤球，而后再将通风门大开，同时加大蒲扇的扇动力度。通常要扇多它几十回才够劲。右手酸疼了换左手，再扇。但假如是炖鸡熬汤什么的，则把风闸关得只剩下一小条缝隙，炉火也就若有若无地萎缩成了几串小火星沫子。到了晚上，炉膛里的明火则一定要全部熄灭的，一则是防火灾（那年代的弄堂里，每到深夜十时过后，就有敲更人出来，提着一面破铜鼓，挨排挨屋地一路叫唤一路敲锣而过："火烛小心啦 —— 咣！咣！"）二则也省煤节料。到了第二天清晨，煤球炉因而又得重新燃过 —— 上海人把这项工作唤作："引风炉"。

　　"引风炉"一事本来是分派给大表哥、二表哥他们干的晨间活儿，但我就喜欢去"轧一脚"，凑热闹，只要我起身够早的话。"引风炉"的程序一般是先拎煤球炉去到弄堂当中安放好，再撒清干净昨夜留剩下来的煤球灰。而"引风炉"的时间段一般都是与全弄居民们倒马桶的晨光相配合。我家无马桶可倒，故只要听到那粪车工"信天游"式的吆喝声自弄堂的远端渐渐消失时，便是我们哥仨拎"风炉"出去"引"的时候了。"引风炉"的道具和材料也不多，兹交代如下：一炉一蒲扇，半截洋铁皮小烟囱，一叠《申报》纸，木柴若干加上煤球半篮即成。引燃的过程则是先烟后扇，然后便就火焰熊熊了。而当炉火变得青烟袅袅稳定了下来之后，便由大表哥将它重新拎回灶间去，置于水斗边的那个老位置上。封好了炉底通风口，等待新一天生活的周而复始。再之后，我们便各自返校读书。那时的大表哥念初中，小表哥小学。而我则套上了一件"新中国好儿童"的胸兜，由华娘娘陪着，前往"灵粮堂"上幼稚园。

东上海的前世今生

这与你将珍稀动物诸如大熊猫圈养起来，给它个温饱不忧，而它们却仍还时时刻刻挂念着山林里的那种缺栖少食的自由是一个道理——人在这点上，很有点像动物。

十四

　　有关厨房里的一切设施及其日常作业的介绍到此告一段落。站在那水门汀地面上，六十七岁的我，突然便感觉困惑了：因为在想象中，我仍停留在四岁这个年岁上，而溧阳路687号，从前门到后门的这段行程，不是肉体，而是我让我的神识走了一遍，这能当真吗？但很快，我便释然而笑了：时空这件事，本来就是造物主玩弄的一种把戏，无所谓存在亦无所谓消失。只要你愿意，它们是随时随地都可以逼近到你的跟前来的，让你身临其境，重经一回、重新再活多一次。见识过现代照相技术里的那种长距变焦镜吧，这种在英文里叫作 Zooming 的玩意儿？据此理论，时空因而都是一种假象 —— 有啥好执着的？就像在梦中，醒了，梦里的时空都去哪儿了？而自以为醒了后的你，又如何就能肯定地说你现在不是仍留在另一场梦中呢？浮生若梦、黄粱一梦、南柯一梦所有这些词汇并不单单是一种人生感慨，它们都是合理的，绝对有其科学的依据：你或能于你生命那最末后的一刻无师自通。有一套西片叫《盗梦空间》，编导想说的不就是那回事？但碍于技巧掌握的娴熟度与理解之多少和深浅的差别故，叙述过程之穿插显得过于凌乱，片段化来得有点儿手忙脚乱，给人造成了一种"故弄玄虚"的感觉罢了。正是基于这个原理，六十七岁的我是完全可以借着想象力的超光速回去一九五二年的。当你决定这样做时，而你又拥有了足够的投入度的话，四岁的我与六十七岁的我，在感觉上可以完全叠合。

我刚才说了，我似乎听到阿三他们又在门背后，"咕咕咕"地学猫头鹰叫了。我心痒痒。一旦当厨房的介绍任务完成，我是忍不住，恨不得立马就能从那半截虚掩着的后门里溜出去，一尽玩兴的。

自后门出去所见到的"后弄堂"情景与溧阳路前门的完全是两个世界。当你用六十七岁的眼光和世故来做出判断时，你不难理解为什么当年的父亲会如此反对我常到那儿去与那些"野蛮小居（鬼）"轧道的原因了。但童年时代的我当然不会这么想啦，我觉得只有同他们在一起的时光才是玩得最过瘾，玩得最出彩的时光。因为只有他们，才懂得什么叫"玩"和应该怎么个"玩法"。这与你将珍稀动物诸如大熊猫圈养起来，给它个温饱不忧，而它们却仍还时时刻刻挂念着山林里的那种缺栖少食的自由是一个道理 —— 人在这点上，很有点像动物。人，本来就是动物么，属于动物的那种野性以及感性经成熟的理性太多阉割了之后，人生的那场游戏就不好玩啦。我在中篇小说《后窗》中提及的所谓："（与我家后门）打斜里，住在16号里的范女人"，其实

虹口某弄弄景

不然。范女人确有其人，但她不住16号。再说了，与我家后门打斜里的那家门牌也不是16号，而是14号。范女人住在内弄的二十零几号里。故，她家的后窗与我家的晒台是绝对相互望不见的。所谓又是这样又是那样的情节外加氛围的浓浓的场景描写，都是作者我自己想象力的产品。它实际上变形为了一种后弄堂人情生态的综合产出物，你我中有他她，而他她中又有你我，眉毛胡子一把抓，过瘾就过瘾在这里，混乱也混乱在这里。既然都写到这个份儿上了，遂自揭谜底，郑重纠偏。

真实生活中的14号里住着的那家人家，虽没有什么绘声绘色的情欲故事可供描述一番 —— 或者也有，应该说每家都有，只是我不了解罢了。而我写的又是"非虚构"文体，不容许让想象力说奔流就奔流它个白浪滔天 —— 但他家也住着我小时候的一个很要好的玩伴。还有，他们一家人的谋生方式也有点儿奇特：全幢房子的主房与客堂都腾出来养鸟 —— 鹌鹑鸟 —— 人倒都睡在了偏房与阁楼上。他家人的生计是靠出售一盒又一盒的鹌鹑蛋来维持的。还有，他家的家庭成员的组成也与众不同：除了我那小玩伴外，全家都是女人：他的母亲以及两个被小玩伴唤作为"奶奶"与"太奶奶"的老年女人。整年都待在了又脏又臭的鸟屋里，很少露面。他咋没爹呢，也不见走出个"鸟叔"来让我们叫一声？我们问过他这个问题，他却支吾以对。对这类家庭组成之事宜，我们小孩兴趣通常不会很大，问过不说也就算了。但我们小孩调皮，管他家叫"吊屋"。此名一语双关兼一音双意。在上海方言里，"鸟"发"吊"音，而小男孩裤裆里的那只玩意儿也发同一音。我们老喜欢挺出一个中指来在他面前晃来晃去的，其意肮脏又猥琐。而那位与我要好的小伙伴，因患小儿麻痹症故，一条腿是瘸的。走起路来，那瘸腿甩前又甩后。于是他甩腿，我们则跟在他后面甩中指，大伙儿笑得乐不可支。我们还给那小玩伴起了个绰号，叫"铁拐李"。"铁拐李"是"八仙过海，各显神通"里的一位仙士。他应以残废身得度，就显残废身。并以此相来度身有残疾的众生们。当然，这段旁注，是六十七岁的我在学了点佛学常识后作出的。一九五二年和一九五三年间的我之所以会知晓"铁拐李"此名，很可能是从"罗松帽"的小人书摊上借来的仙怪故事里读到的。

但"铁拐李"的母亲倒是位看上去颇有点儿大家闺秀风范的妇女。虽然整日与鸟粪和鸟笼打交道，又住在后弄堂这类旧式里弄的陋屋里，但走出来时，一身干净整洁的阴丹士林布的大扣襟衫，说起话来既轻声又斯文（—— 你看，此时的我是不是又在用六十七岁的眼光来回眸她了？）唯她有个毛病，说话时，总要不停地眨眼，尤其当她说得带点儿激动情绪时，更甚。因为她的此一生理特征，我母亲和大姨妈她们 —— 当然还不止她俩，事实上整条弄堂里的女人们 —— 背地里都管她叫"憋眨眼"。"憋眨眼"有一次把我与另一个小玩伴一同叫进了"吊屋"去作一次"恳谈"。她眨了两眨眼睛后说道：

惠民（"铁拐李"的本名）有他的名字啊（她又眨了两眨眼），你们同他玩，为什么都不叫他的名字（再眨多两眨），而要叫他铁 …… 铁（她开始不停断地眨眼）铁什么"李"呢 ——他又不姓"李"？（她眨了五六下眼皮之后，才开始消停下来）。

我说，是"铁拐李"。"铁拐李"是神仙，我们叫他神仙还不好吗？

　　当时，我真还为自己的这句"智慧语"感到挺得意的。唯在六十多年后的今天回首，悔疚之情充满了心田。其实，我的这种悔疚感在一九六六年的夏秋之交，14号里的"鸟屋"遭抄家时就已经产生。那时，谜底揭开，说那家人祖籍山西（另一说是安徽），据讲还是当地的一个大地主，其规模不下于那些年风行一时的刘文彩的"收租院"。当地土改时，"憋眨眼"的丈夫被镇压，她便连夜带着她的母亲以及她母亲的母亲（即她的外祖母）从山西逃亡来到了上海，从此隐姓埋名，卖了些随身的金饰细软，便在"兰葳里"，这条窄弄的一间陋屋里定居了下来，以养鸟为生。

　　一晃十数年，"文革"爆发之时，也是躲藏在"社会阴暗角落里的一切牛鬼蛇神们"的面目注定要曝光之刻。"吊屋"里的三个地主婆当然也不可能例外。她们被从山西专程赶来上海的造反派们当弄押上台，遭批斗。"憋眨眼"毕竟还年轻，扛得住。最惨的是惠民的"太奶奶"。那时的她，大概已超九十高龄了，又瘦又小又干瘪的她，惊恐加上慌累，有好几次从斗台上摔跌了下来。再被人扛上去，让她跪在那儿，继续挨批。而且，还得自己用自己的双手扶住那顶纸糊的、戴在她头上的尖顶高帽。她的两块膝盖跪板，尖粽一般大小的一对小脚在那儿"簌簌簌"地筛抖个不停。当时，已成长为了青少年的惠民也被唤了来，让他站在一旁，俯首陪斗。见此情形，我的心酸裂了，我下定决心要在事完后的某天，逮个机会，郑重其事地向他说声"对不起！"但谁知，从此之后便没有了机会。后来是他全家被遣送回了原籍呢，还是怎么地，我不清楚。反正，那次弄堂批斗会后，

14号便换了住客。有关"鸟屋"和惠民家的一切便开始渐渐地淡出了我的记忆，直到此刻。此刻的那个六十七岁的我的神魂又从自家屋的后门跨出去，跨进了一九五二年的后弄堂里。

东上海的前世今生

十五

　　我仍站立在后弄堂的窄窄的甬道间。除了一九五二年这个年份外，时间，我认为，也应该设定在下午还未傍晚时分。那时上班的还没下班，弄堂里相对安静，空旷。故，当我左右环顾时，视线能自如地游动，不受想象之中纷至沓来的人与事的干扰。

　　正面对着我的，是"兰葳里"主弄的弄底。自那儿拐过弯去，再经过一条更窄更狭的旁弄，便可以进入一条叫作"长乐里"的他弄。其间，会经过《后窗》人物范女人所居住的二十零几号那屋的后门。只是此时的我，并无意将《后窗》创作时的思绪再来个续后。于是我便从旁弄里退了出来，重新回到了"兰葳里"主弄的弄底处。

　　现在已不见了，一九五二年的时候，这里是一只用水泥和砖头砌在墙上的硕大的垃圾箱。其实，这也是上海弄堂最常见的格局：弄口一家老虎灶，弄底一只垃圾筒（上海人的习惯从来是把"垃圾箱"叫作"垃圾筒"的 —— 再大，再有容积量的"箱"，他们也喜欢将之"筒"化）。垃圾筒里筒外淤塞着菜皮烂瓜馊饭剩菜什么的不说，且还上上下下地爬腾着一大堆的野猫以及耗子，在那儿觅食。白天夜里，见了人也不怕，不逃。这是块全弄堂的人都不愿意，但也不得不每天都要去一回的地方。故，只得捏着鼻子，憋着呼吸，走近那里，然后将畚箕中的秽物朝着某个方位"刷"地一甩出去，便迅速撤离。即便如此，还生怕有耗子不要窜到了你的脚背上来。

但有时，垃圾筒也会成了全弄人，尤其是我们这些小孩子们最关注的焦点。那是当有传闻说，垃圾筒边上出现了"小死人"。于是大人小孩们都会涌到那里去探个究竟。"小死人"有的是用被单裹着，有的只是用草席卷一捆，扔在了那儿。后又被觅食的野猫用爪子给刨开了，才露出了细细的四肢和骇人的面孔来。多数的"小死人"确已气绝，但最叫人心怵，不敢靠近，也最惨不忍睹的情景是：有的"小死人"，其实还活着。就听得有人喊道：

"是活的，还是活的 —— 你看他，手脚还在动！"

即使是如此，也绝无人会对这还尚存一息的，我们之同类伸出援手来。过了一会儿，又有人去看，说还动。再过一会儿去看，说这回不动了，大约真的死了。仿佛，这不是人，而是一条狗或者一只猫。

这些个"小死人"的出现多数为两种情形：一是谁家女儿的私生孩，产了下来，又不想让人知晓。二是小囡生是生了 —— 这是他们那些生活贫困而又枯燥的父母们在玩床笫间娱乐时的副产品 —— 但合计下来，还是养不起。遂将其偷偷地丢弃在了那儿。结果受冻挨饿，挨不上几日，便告气绝。等到第二天早晨，"勒塞"（垃圾）车推来，推垃圾的工人见此情形，见怪不怪。管你是死是活，是人是物，统统往垃圾车厢里那么一扔，再将其他垃圾也一起堆了上去，彻清了垃圾筒，便告走人。

以人性教育已深入全球人心的今日的眼光来观之，这事当然属于匪夷所思。残忍，且不可理喻 —— 自己的亲生骨肉都狠得了那心？！但在那个时代，这事并不罕见，就在我童年的记忆里就有好几宗存档。而且事情就这么来了，也那么地去了。没什么，也不值得有什么大惊小怪的。当时正值"镇反"高峰期，旧政府留下来的残渣余孽还来不及处理呢，警察们天天忙进忙出，忙里忙外的，就数"靶子场"那一带"生意兴隆"，枪毙大人还来不及，哪还来什么闲工夫去管这些"小死人"？

　　每逢有这种事情发生，母亲总是那个千方百计地要阻挡我前去观看的第一人，她口中还不断地叨念着："作孽啊，作孽！"但她，其实谁也无能为力。唯这类事件后，总会有很长一段时期，有关"垃圾筒"边上夜间闹鬼的传闻，言之凿凿，广为流布。尤其是在我们这帮小孩群落中，一传十，十传百，弄得真假莫辨，魅影幢幢。一说整夜听见那里有婴儿在啼哭；二说是，第二天一大早起身，就见到平时都好端端在那地块上觅食有多年的好几只野猫，都莫名其妙地僵毙在了垃圾筒盖的边上。

　　其实，如此传闻的可信度之所以存在，多少也与那地方的夜间景观现场有点儿关联。从我家后门的那个方位远远望过去，只有一杆戴了顶薄皮搪瓷罩的十五支光路灯从小弄拐弯的墙角处照射下来。昏晕的黄光，此端，只能覆盖垃圾筒的半个侧面；彼端，则隐没了漆黑一片的拐弄里去。如此场景，即使真拍鬼戏，也用不着再另找地方来重新布局了。吓得本来就胆小如鼠的我连白天去那儿倒垃圾（这又是另一份父亲分配给我做的日常活儿）也都不敢干了。只能请大姨妈或表哥他们代劳。

　　说到垃圾筒夜间的阴森气氛，又叫我想起了弄居人们的另一个古怪的"招魂"仪式 —— 说是"古怪"，这是从今日的角度出发而言，在一九五二年，这事很平常，也很正常。非但"兰葳里"有，几乎全上海所有的弄堂里都有人信奉，有人干。但又为什么会拣"垃圾筒"那块地方多点去搞腾呢？那当然与它的种种传闻有关。还有，就是我刚刚描写过的那种诡异的夜间氛围。

　　这事通常是因为谁家的孩子病重了，甚至死了，他（或她）

的父母亲，或者去找个"阳气"重点的亲戚来，点上一支白的（喻示"被招者"可能已死）或红的（被"招"人只是病重）蜡烛，一边走，一边凄凄凉凉地叫唤着："阿毛，乖乖 —— 回家来哟！阿毛，乖乖……"在后弄堂的横枝竖道上来回兜圈。最后，总是以"垃圾筒"为行程之终点站。他们这样做是因为他们相信，他们孩子的魂灵出了窍，它正游荡在后弄堂的哪里，或迷路在了某个弄角里，比方说，垃圾筒附近。小时候，每回听到如此叫唤声，我就会吓得瑟瑟发抖，但越发抖也越好奇。母亲见状，随即拉我入房，关实了所有的门窗不让我听。但我的听觉早已从门缝中挤了出去，我感觉自己非但能听到那凄凉的叫声，就连"阿毛"他爹的那半边被摇曳的烛光所映掩出来的脸部轮廓也都能见得分明。当然，这种迷信的习俗，随着日后政治运动一波又一波的高潮迭起，渐告绝迹。否则的话，"阿毛"的魂没招回来，搞迷信活动的人的"魂"倒有可能被派出所给"招"了进去。

听见夜间垃圾筒边上有婴儿啼哭声之故事的版本，首先是由住在垃圾筒边上的那家人家的一个叫"垃圾筒老虎"的小孩传出来的。他，也是我儿时的另一个玩伴。我，不仅是我，我们那班玩伴对"老虎"都刮目相看。首先，他家就紧挨着"垃圾筒"住 —— 好像是"兰葳里"21号还是什么的 —— 他晚上睡觉不怕？还有，每年的夏晚，"乘风凉"之前，管他那垃圾箱散不散发臭气，他家照例都会将小圆桌搬出屋外来，置于弄道中央。举家围桌，享用晚餐。事毕，便摊开了大大小小几张竹榻，在这蚊蝇打团之地，摇一把蒲扇，一个个没事儿似的，在那儿伸腿展臂地躺下乘凉。他们就不怕蚊虫叮咬？我就此问题咨询过

兰薇里内弄景

"垃圾筒老虎",他轻描淡写地说道:

　　"侬见勿到阿拉手里都拿着蒲扇吗?扇子除了扇风凉外,就是用来驱赶蚊子的么!"

　　意思是说,侬哪能这么"拎不清",连这种傻问题也会问得出来?!但我怎么就不行呢?电风扇外加"双妹牌"花露水,还是被门前河浜里飞出来的黑蚊群咬得红包一疙瘩一疙瘩的。难道伊拉张皮有牛皮那么厚,蚊子叮不动,还是"老虎"有什么法道不成?

　　"老虎"有没有法道,我没弄清。但我晓得,伊打起相打来,的的刮刮算是"一只鼎"。他是我们小孩群中被一致公认的"大王"。有时,与外弄小孩起争执,就马上有人提议去请"大王"出山,而对方一见"老虎"现身,顿作鸟兽散。"老虎"在"文革"

里参了军，后来便再没见到过他。据说，他一直留在军中，混得很不错，官阶也做得挺高的了。

一说起后弄堂小伙伴们的故事，真是长江后浪推前浪，一个没讲完，另一个的音容形貌便又栩栩如生在了眼前。叫我如何应接得下？这样吧，再拣轶事二三，略作陈述，也算是对渐行渐远去了的"兰葳里"童年生活的某种祭奠：有兴高采烈的时刻，也有担惊焦虑个辰光。

在我记忆最远端的，让整座"兰葳里"都沸腾起来的日子，"文革"之前还有过那么一回。时间应该是在一九五七年逼近一九五八年间。那时的我，当然还是个小孩。这是我生平第一次见识了"大字报"，这种所谓"新式武器"的无比威力。

不知是从那个早晨还是傍晚开始，狭窄弄堂的甬道里霎时间天降神兵："申报"纸书写的各种尺寸的"大字报"贴满挂满了一切可以被利用的空间。大人小孩，只要是识字的，一个个的在挂纸与挂纸之间钻来钻去，或仰首阅读，或叽喳议论，其盛况犹若游园节里的"灯谜会"。我们小孩子见到大人们都这般欢腾雀跃了，自然更亢奋莫名。我们大可趁机放肆一番。因为，大字报上所写的都是我们熟悉不过的人与事。再说，大字报的文字又浅显易读，让我们这些念过没几年小学的毛孩子也都能读懂看明。你说，这又有多过瘾呢？有人批评裁缝师傅；有人指责老虎灶（不知道阿三见了大字报作何感想？）；有人谩骂弄堂口的那个小皮匠，说打了鞋后跟没几天就撂底的。有一张抨击阿六头拉阿爸大饼店的大字报，读来朗朗上口：大饼小／芝麻少／油条质量又不高！我感觉那大字报的作者真是才高八斗，堪比大诗人！我们上蹿下跳，互传信息，说某某某上壁报了，又说某某某这次被人骂得"结棍"，骂得好！也代我们小孩们出了口恶气 —— 但怎么就没人揭发那个过街楼下老借给我们看电影小人书的坏蛋呢？还有那家专卖哑爆竹的烟纸店？我们的心里有点愤愤不平。

事到如今再回首，只知道在那一个年头，在我们这条小小弄堂里，凡夫俗民们也都有过如此一场文字的盛宴。到底这是哪一茬人物搞的哪一档子名堂？就始终有点儿惑惑然。后来读了点有关那个时期的历史材料，才估猜说，应该也归属于中央有关部门号召全体人民群众都起来给党提意见的那项所谓"引蛇出洞"论？这风大雨大的"八号风球"，竟然从学术机构一路也刮来了这穷街僻弄里来。老实说，这事于我，至今还是团谜，但这段没头没尾的童年记忆却是真真实实存在过的，故仍记录在案，作为"前世今生"叙事过程中的一团一晃而过的梦幻场景。这场无名无称的运动真叫是"来也匆匆去也匆匆" —— 恰如今日公厕壁上的一条广告语说的那般 —— 一夜之间，所有的大字报突然就不见了踪影。后弄堂又恢复了原先的平静：小皮匠照打他的鞋桩，油条店照煎他的油条。就像是参禅，这些弄民们如何能够参透毛主席他老人家的宏韬伟略呢？

东上海的前世今生

十六

后来的日子就流逝到了五十年代末六十年代初了。后弄堂里又有了另一番生态。再多说一段有关民生的轻松话题，调节一下各位看官的情绪。这段时期，就是有名的"三年自然灾害"期。

物资极度匮乏，食品供应限量。那已不是"大饼小芝麻少"的问题了，而根本就是"大饼没芝麻无"的日子了。但话还得要说回来，上海人民仍是有福的，承蒙中央有关领导的特别关照，吃不饱喝不畅是肯定的，营养不良，双腿的浮肿病也是有的，但就绝无作家刘震云在其长篇小说《故乡天下黄花》里所描述的河南信阳地区的那种饿殍遍野的惨状 —— 这是上海的历史事实，不容篡改。弄堂人如今所关心的头等大事是：如何来补充这养分缺乏症？ 于是，全弄堂开始养鸡鸭。但弄居之住所本来就已很逼仄，又哪来鸡鸭的容身处？ 于是乎鸡鸭们就一律都被放养在了弄堂里，任其扑翅横行。满地鸡屎，人禽并存。不断踩到鸡屎鸭屎的日子早已习以为常，小孩玩时，最怕的是绊跤，一个前胸铲地，弄一脸一身鸡粪鸭屎的，免不了要遭大人一顿臭骂 —— 要知道，洗衣用的肥皂也是限量供应的。

还有就是那只垃圾筒，野猫的口粮遭鸡鸭们分去了不少。因为放养的鸡鸭一般都不喂，或很少喂食，它们几乎都集中在了垃圾筒那边扒地觅食。苦是苦在三年自然灾害期间的垃圾筒里，除煤球灰多外（虽然我们前排的住客都安装了煤气，但后弄内的多数人家仍使用"煤风炉"），连烂菜皮也很少见到，更别说馊菜剩饭了。故无论是野猫，还是鸡鸭，也都一只只饿得骨瘦如柴，与弄内之人类也不遑上下。还有，因为在公众之地养家禽的缘故，居民间的摩擦自然也增添了不少。多数是说谁家丢了鸡鸭，怀疑让哪家给偷吃了之类。从而掀起一场轩然大波。每逢此时，小孩们最兴奋，瞎起哄。说哪日哪天见着什么了，又说，哪天哪日闻到谁家的"灶披间"里有鸡汤香味传出来，等等。后来，总是由居委会出面调停，说，捉贼要捉赃，捉奸要在床。凭空说人是不行的。这是"权威"性发言，于是，风波遂告平息。小孩子们见事情消停，便一哄而散，只能再去找其他的娱乐来重新玩过。

说到养鸡，其实我家也养鸡。但就从不赶入后弄堂里去。一来是家屎不外拉，二来也不兴与人起争执。好在我们前排屋子都有一小园地，鸡棚就搭建在那里。养鸡的最大好处倒不是可以杀鸡喝鸡汤，而是隔日清晨就能从暖烘烘的鸡窝里收获几枚新鲜产下的鸡蛋。拿来充当日常肴料，无论煎炒，浦汤还是白灼，都很好吃又有营养，可以有效补充菜市场上副食品供应的短缺。

那时的父亲已从安徽退职回沪，闲赋在家。平日里除了读读书，练练字帖外，就饲鸡。他还种荷花和养鱼。日子虽过得清苦点，但对比起前两年反右运动期间，那些风起云涌，黑浪凶险的日日夜夜，倒也让他过上了一段意想不到的"采菊东篱下，悠然见南山"的"田耕"生活。当然，所谓"南山"，在上海市区里是找不到的，但当他收拾停当鸡棚，直起腰来，见到"杀牛公司"那幢灰褐色的楼影浮现于眼前时，又何妨不作"南山"想？用我今日的目光来衡断，父亲应该还是蛮留恋这段都市陶渊明式的生活情趣的。他一生颠沛流离，奋斗进取，缺乏的就是平静、宁静与清静的心境元素。再后来，他去了香港，这种生活从此中断。以世俗的眼光来看，日子又好过了，也富裕了。但对于父亲，这类知识分子清高的内心世界而言，那种奔杀于商场，尔虞我诈的生存肉搏并也不见得比沉浮于历届政治运动里，今日未知明日事的日子来得更有生活的价值。人生在世，需求的也就是这些，满足了也就满足了。再多，给你带来的不是欢乐，而是累赘。祈求全家人都能生活在一块儿，和睦、安逸、平静，就是上苍赐予你的最高恩惠了 —— 难道不是吗？沉默，这是父亲个性上的一个重要切面。他没能说出来，也不想说出来的有些话，我可以以我六十七岁的口吻代他说出来。顺便一提，有关那些年父亲饲鸡养鸭的趣闻与细节，拙文《穿中山装的顾伯伯》中曾作过较为翔实的描绘，有兴趣者，可找出此文来一阅。

是的，此刻的我仍留在后弄堂的甬道上，左右环顾。时间设定在一九五二年的某个下午还未傍晚时分。我或者再想说点什么故事呢，还是在辨听哪个小玩伴又在学猫头鹰叫，勾引我出去玩？但我想，这该是我从77号后门回屋去的时候了，天色已晚，弄堂里下班回家的人群开始增多，我仿佛听见母亲的呼唤 —— 就是那声每日黄昏时分，她老喜欢倚在门框上，这样来呼唤我的：

"阿正，乖囡囡，回来吃晚饭了 ——"

我玩得再疯，听觉对这一句呼唤声却十分敏感，风过草叶极细微的分贝度之间，我都能将之从中鉴别出来。别说我了，就连我的那些玩伴们也都一样。他们一听到我母亲有叫，便此起彼伏地尖起了嗓子来模仿一个女人声："阿正，乖囡囡 ……""…… 回来喫晚饭了 …… 乖囡囡 ……"但我不理他们，径直往家中去了。此刻，当六十七岁的我又回到了这条后弄堂的凹凸不平的路面上，单个儿的，安静地站在了那儿时，我产生了幻听。这是一声静止了时空的呼唤，它没消散，它那慈爱、

亲切的音调仍然漂浮在这街灯暗淡的窄弄之间。它永不可能消
散，就像这世间最美好的母唤一样，它永远回荡在了游子记忆
的空间。

但有一次，这呼唤声竟然是出自于我父亲的。在这把声音
出现之前，我最好还是将我的"罪行"私下里先向我的读者们交
代一下。那天下午，我见到母亲的钱包放在桌上，突然就闪出
个歹念来了。我偷偷地从她的钱包中盗取了二毛钱出来：我也不
知道我当时是怎么想的，这可能就叫作"鬼迷心窍"吧？我只固
执地认定那一点：钱包里这么一厚叠钱，少了两张，母亲不会察

弄景之二

　　觉的。"我现在晓得了" —— 姑且借好友郭老师的这句常说的口头禅来先用一用 —— 所有的贪官之所以会走上这条不归路的起点，很可能就发生在这一闪被侥幸心理所驱使的念头的生灭间。

　　我欣喜若狂，冲出屋外，冲到了后弄堂里。我向小伙伴们宣布说，今天我发财了！（好像那笔"挪用"的"公款"真已变成了我名下的私房钱那般）我有两毛钱了，今天我请客！于是，我便去弄堂口的那摊小贩档上买了咸萝卜干、盐金枣、拷扁橄榄、求是糖等一大堆零食，与小伙伴们席地分享了起来。其间，尤其不能忘的，是要去"孝敬孝敬"我们的"大王"："垃圾筒老虎"。那么一堆佳味美食当前，我能感觉到"大王"的那股子高兴劲，而他称许的目光，无疑是我的一种巨大的荣幸。我就如此这般地沉浸在了亢奋之中，完全 —— 准确地说 —— 是几乎完全忘了危机的游蛇正向我靠近过来。这只是在事后的细细回想中，才隐隐约约地察觉到了一种异样。其实，就当我们大家伙都兴高采烈地在享受这场零食盛宴时，似乎总有一丝不祥、不安、不踏实的心理阴影在我的脑海上空盘旋，在我的心头挥之不去。后来，后来便传来了后门口上父亲的一声唤。他当然不会像母亲那般柔声细语地唤我作"乖囡囡"啦，他直呼其名，说：

　　"吴正，你回来！"

　　我还清晰地记得那个永不可能被岁月之流逝所磨损的瞬间，清晰如昨。应该是在下午三时许，父亲午睡后刚起身不久。他戴一顶"压发帽"（他午睡时老戴那种绒线编织的帽子，以防发绺被弄乱），站在后门口，脸色阴沉。就在我的眼神接触到他的眼神的那一刻时，我惊恐，我已无法形容自己当时的惊恐程度已深入去了公元前多少个世纪了。

我恍若游魂一般地随着父亲上了三楼。他冷静地叫我先把裤子脱了，然后俯身爬在自己睡的那张小铁床上。他用丝带将我的手绑实在了小床的床栏上，就露出了我的那两半胖嘟嘟、白嫩嫩的小屁股来。他取来了一根鸡毛笤帚，就朝着那屁股一顿狠抽猛打。任凭我哭哑了嗓子，站立于一旁的母亲、大姨妈、外祖母，谁都不敢伸以援手。就这么一段上下文都隐没在了遗忘之黑暗中的记忆片段。我只记得许多许多年后，每当我见到那顶"压发帽"和那根"鸡毛帚"时，就会产生即时的心理与生理反应。这个情结一直持续到我进入了少年期。后来，父亲也去香港了，这才渐渐地淡忘了去。

东上海的前世今生

当她从她那最后一叩拜之中抬起头来时，她见到西方阴霾的云层裂开了一条缝，有金色的夕辉从云层中斜泻而出。见此景象，瘦弱的祖母宽慰地笑了，她知道，这是观世音菩萨显灵了……

十七

现在，我终于又从"兰葳里"77号回进去了自家的屋里。后弄堂里的人事物语暂告一段落。但也很难说，或者当我的故事向前推进到某一时空的岔道口时，我还得坠入其中。但即便是这样，那也属后话了。

我独自站在我家的"灶披间"里，静静地寻思它一番。这回，假如我的脚步再要移动的话，我将逆向而行：厨房、天棚、小房间、客堂间、小天井，然后再从那扇铸铁的前门踏上树荫抹地的狄思威路。但我想，这种必要已不复存在，有关这栋时空坐标定位于一九五二年的住宅底层的种种记忆细节，我已基本交代完成。余下的应该是它的二楼与三楼了。照理说，我的路线图应该是循着这条窄把手的红油光漆扶梯拾级而上，然后再逐间逐室地来展开我的叙述。然而，就当六十七岁的我的思绪来到这底层与二楼扶梯的那片转角平台时，它蓦然停下了。它见到了第一个真实的人影（别忘了，于此之前，当在这屋内巡视时，观察和记录者都只是一个人，那身兼老年与童年"我"之化身的一个人）！它，是我的祖母。时间应该是在一九五三年的年底，比法定的一九五二年推迟了一年。

祖母郑婉如出身于苏南古城江阴县里的一户文化望族。知书达理的她，以十八岁的年华之身嫁入了同样也是当地一官宦大族的吴家。祖母膝下有三子，祖父吴增毓英年病殁后，家中的一切事宜，包括操持家务，教育子女长大成人，便都由她一个人独力担当了下来。我父亲为长子，年龄长于他的两个弟弟（即我的六叔和七叔）分别是十五岁和十七岁。故，父亲是祖母三子之中最早学业事业都有成者。上世纪四十年代中，抗战胜利，父亲自渝返沪，负笈上任后，祖母便也携带着她的另外两个儿子及一义女，我唤之为华娘娘的，一起从江阴县城搬来了上海，搬进了溧阳路687号，与长子同住。而根据长子为父的伦常，父亲也理所当然地承担起了他两弟一妹的生活与教育的责职。

在我遥远的记忆中，祖母慈爱极了，尤其溺爱我。她瘦瘦小小的一截身材，只要一听着我这边有什么动静，便颠簸着她那对三寸金莲，急急赶来，就生怕不要让我给吓着了。

于是便就到了这一回。

一九五三年深秋的一个下午，老是手停下了脚不肯停，脚停下了手又不肯停的我最喜欢玩一项游戏，那就是叉开双腿，

骑在了油光溜滑的扶梯圆把手柄上，把它当作了"舒舒板"（滑梯）。一路"舒"到了下一节的竖柱处，刹住。如此反复，玩个没完。但这一次，我栽了下来，就摔躺在了两条扶梯的转角平台上。我又惊又怕又疼，双脚蹬地，"哇"地大哭了起来。平时就睡在二楼正房的祖母听闻哭声，便从房中赶出来。见此情形，她老人家连梯柄也来不及扶一把，便颠着两只小脚自梯级的中央迈下步来。她没能控制好自己身体的重心，一个倒栽葱，直从扶梯上翻滚到了梯级的平台上。那年我只有五岁，遥远的忆影已变得十分模糊，但在它某个角落里仍清晰地保鲜着那一组人生镜头。就跌倒在了我身边的祖母，仍不顾一切地将我的头扶了起来，她说：

"啊辰掼痛，宝囡囡，啊辰掼痛？……"

但我见到阿婆的嘴角边有一缕鲜血淌下来，我惊呆了，惊得连哭声也给吓住了。两星期后，祖母便去世了，她离世在二楼正房她睡的那张大床上。

我的想象力突然又从二楼扶梯的弯角处一跃而到了三楼的后晒台上了。这方后晒台，在我的小说《后窗》中屡屡被提及。因为，在小说中，那是我观望范女人家后窗的最佳方位。但，后来我也说了，其实从那里是望不到真实生活中的范女人家的后窗的，我只是在想象中编织我自己故事的场景而已。真实的后晒台是一片七八平米见方的水泥平台，它是二层亭子间的屋顶，而亭子间的水泥地面又是厨房的房顶，就是这样的一种建筑结构。

在那晒台上，我再次"见"到了我的祖母。唯两次"见"法不同。这次的"见"是想象力的"见",而上一回,就是在扶梯平台上的"见",则是回忆力的"见"。因为这一次的时间是在一九四八年九月十三日的下午近晚时分,我刚来到这人世间还不足三天。那些都是后来母亲陆陆续续告诉我的,我便运用想象力,细节叠加细节地编织出了那景那情来,并借助六十七岁的作家我的创作能力,俨然以一个亲历者的角色与口吻,来对它进行一个场景复原。瘦弱娇小的祖母,点燃了三炷香,双膝虔诚跪地。她面朝东西南北四方各磕了十个响头。她向十方菩萨们郑重发誓:她愿减寿十年来换取我,她那唯一孙儿的平安、健康和长命百岁。当她从她那最后一叩拜之中抬起头来时,她见到西方阴霾的云层裂开了一条缝,有金色的夕辉从云层中斜泻而出。见此景象,瘦弱的祖母宽慰地笑了,她知道,这是观世音菩萨显灵了……

就当祖母在后晒台上作此仪式时,落地仅三朝的我正徘徊在生与死的边缘线上。事件的缘起是这样的:在内地经历了五次习惯性流产的母亲,于一九四六年年底,父亲赴沪上任后的第二年,也来上海与父亲会合了,然后,便怀上了我。这是她的第六胎。她被送到"中德医院"(今上海市第一妇婴保健院)做检查。德国医生告诉她说,她之所以会"习惯性流产"的原因是在她的子宫内膜上长有一颗巨大的肌瘤。如要保住这一胎,她只能绝对平卧在床十个月。届时,剖腹产子,取出新生儿的同时也必须摘除她所有的生殖器官。也就是说,我将成为我父母的最后,也是唯一的那个孩子了。父母同意了,于是,便开始了漫长的十月怀胎期。佛教中素有"胎狱"之一说,也就是说,当我"入狱"时，母亲也硬生生地躺在了床上，陪我一起，坐足了十个月的"胎狱"。一如二十年后，她又陪我度过了那黑风恶浪的"文革"十年。只是后者的时间是前者的十倍罢了。

一九四八年九月十日，子夜时分，我"刑满释放"，一脚就踏上了这个充满了欺诈与杀机的人世间。我遇到的第一轮"杀机"就发生在三天后的下午。那时的我，正被置于医院的婴儿保育室里，接受特殊看护，而这，也是主持医师的指示。那几天，母亲由于麻醉药性仍未完全消退，还待在产房里，时醒时睡，昼夜不分。主持医生的医嘱中还包括一项内容，那就是：我每天都得注射一支进口的维他命 B_{12} 营养补针，以强健体质。但有谁知道呢？这人世间的首次"杀机"恰恰就隐藏在了那支貌似裨益于我的针剂中！

那天下午，德国护士注入我体内的不是 B_{12}，而是一支大剂量的吗啡液！不是她要加害于我，绝不是！据其事后回忆说，她是照足了医院里所有的规定，经过了反复核实的程序之后，才领取到那支注射物的。就是到了育婴房的门口，她还不忘再核对多一次。但就不知是谁的一只什么样的手，在那关键的一刻，突然就将她针筒里的那支刚准备注射入我体内的 B_{12} 针剂调换成了隔壁妇产房里的，那位高头大马的外籍产妇止痛用的吗啡针！针剂被推到一半时，据说，我已唇紫脸紫手紫，护士见状，赶紧拔出针筒，但已经来不及了。还是新生婴儿的我已被窒息，心搏停止，全身转凉，气若游丝，仅在胸口处还留剩有一丝暖意……全院的医务人员顿时都慌了手脚，乱作一团。面对这具全身都青紫了的小小婴体，他们扔又不敢，救又无策。

就这样搓手顿足的，团团转拖了将近四个小时，一具几乎已消失了一切存活可能性的小小生命体突然就有了生命的迹象：心脏重新开始搏动，呼吸轻伏。就在那一刻，我又重回来了这人世间！ 我只是无法证实那一刻是不是就是祖母见到西方天际开裂透光的同一刻？ 但有一点可以肯定，祖母那天的那个狠誓兑现了，兑现在了五年之后。

五年后的那个深夜，整座687号都笼罩在了一片阴云惨雾中。祖母病危，全家人都守在了二楼正房祖母的床前。唯母亲带着我睡在了三楼的大床上。年幼无知的我并不太清楚家中发生了和正在发生什么，偎依着母亲，已入梦乡。突然 —— 母亲多少年后如此告诉我，说她吓坏了，也惊呆了 —— 一团白光从紧闭的门缝间窜入室内，停留在了大床正对面的画经线的上方，白光是如此地明亮，几乎将整间房都照成了白昼！

"圣清！ 圣清！" —— 我父亲名吴俊字圣清。

母亲呼喊着，惊慌失措地打开了房门奔下楼去，恰逢泪流满面的父亲跑上楼来。他哽咽道：

"娘，…… 娘她去了！ ……"

母亲这才明白过来，刚才那道白光意味着的是什么？ 那是娘离体的魂魄啊，她还是放不下心来，临走前，她仍要来望多她那孙儿一眼！

至于这件事的真实性，多少年后，我从父亲的日记中也得到了证实。那时，父亲已去香港，而我也已成长为少年了。父亲的那张墨绿色的写字台现在被我占用，成了我读书、冥想、经常花里胡哨地在纸页上涂鸦些不成熟诗行警句的作业台。有一次我在整理抽屉时发现了那本父亲留下的日记册。日记中记载的除了母亲告知他的那道灵异的白光事件外，还有数日后祖母大殓时的情形。父亲这样写道：

"……当已经化了妆的娘的遗体从殡仪馆的后间推出时，只见娘她面色红润，犹若生前。她只是轻轻地合着眼，像是睡着了一样……正儿见状，哭喊着地扑上前去。他'阿婆！阿婆'地叫唤着，但如此溺爱他的阿婆，这回，再也不可能睁开眼来望多他一眼了！见者，无不拭泪……"

事隔这么些年，假如不是这回写稿，幼年时代与祖母相处的那三五年的日日夜夜早已湮没在了浩渺记忆的汪洋大海之中，无从打捞了。我的这些所谓"记忆"，有些是我所亲历过的真实影像，有些则是母亲日后反复而又反复说起了的那些细节之点滴串联而成的想象型的故事版本。但就绝无杜撰的意思或企图包含于其中。而之后的人物与事件之叙述所追寻的模式也大致如此——也只能如此，倒不是人脑的储量有限，而是有些记忆的暗盒，你就是再怎么努力也都是无法打开的。

关于祖母，母亲告诉我的还有：她老喜欢同她的儿子唠叨说：

"俊宝（父亲的小名），你得替我记住啰，你的这个孩子是吴家的种，吴家的好苗子……就是看在了我的分上，你也不能有半点待亏他。要把他养好，让他受最好的教育，听到了勿辰啊？他，必成才，成好才，成大才……"

父亲是个大孝子，当面从不敢逆拗他母亲半句，背地里却同我母亲嘀咕开了，说："娘也真是的，她太溺爱这只小么事了，⋯⋯咳，这样不好⋯⋯但，但也没法！⋯⋯"

每每听到这些话后的我，所联想到的第一件事就是那顶"压发帽"和那根"鸡毛帚"。幼年时代的我常发此狠想，并以此来找回些许心理补偿。说是假如阿婆她在世的话，我会受此等"酷刑"？ 是我被脱了裤子挨打？ 祖母她一旦冲进屋里来，见此情形，恐怕不是我的小屁股挨揍那回事了，说不定祖母会命令父亲脱了他的裤子，被祖母揍他那半只老屁股呢 —— 但可惜事情不是这样的。已仙逝了的祖母已无法帮到她那钟爱的孙子了啊。

但如今，到了我六十七岁的如今，他们都已先后作古：祖母，父亲，母亲。只留下我一个人，孤单地，踯躅于这人世间。每每触及此等往事片段，泪水都会挡不住地会从心田的深处泵入眼眶中来。我不求什么，只求我的这些亲人们能在天堂里活得快乐无忧。

再回到我从那里出发，叙述的原点去。我那回忆它说到哪了？ 噢，在厨房。刚从厨房步近扶梯口。而这里，又出现了另一个人影：她是华娘娘。

华娘娘叫向明华。她其实并不是我的亲娘娘，也不是祖母的养女，而是祖母为她的小儿子，也就是为我小叔吴伦未来的婚事，预先招进门来抚养的一位"童养媳"。那年，华娘娘只有五岁。在江南的村镇，当时就兴这套习俗。而华娘娘也是直到我撰写此文本时，唯一的一位当年687号常住人口中，而又是我上辈人群里仍健在，非但健在，且还同我保持有联系的那个人。她是个很富有人性化故事情节的人物，但要说她的故事，就必须先从我六叔和七叔的故事说起。

东上海的前世今生

这一幕童年的记忆我保存了许多年的新鲜劲，每逢过年过节过国庆，一经过哈尔滨路，见到有标语在风中飘动时，我就会想到它。因为再见七叔，那已是在二十年后的事了。

十八

　　我在前节里说了，六叔、七叔和华娘娘都是我父亲回沪履新后，随我的祖母一同从乡下迁来687号居住的。时间应该是在一九四七年年初。赡养母亲自然不在话下，而两弟一弟媳，父亲除了要负担他们的生活费用外，还要供其完成学业。好在两个叔叔都很聪明，七叔考入了南开大学，攻读土木工程；六叔则被送去美国的一所军校学无线电专业。女孩子，怎么样，父亲都可能会另眼相待点。他把当年仅十六岁的华娘娘送进了一家中专学堂学财会（她在县城里已完成了她的高小和部分初中学业）。说来也怪，那学校当年的校址就在吴淞路，即后来我们的二中心小学自九龙路搬去的那块地。在上文的哪一章里，我曾有过以"一条杠"的"官衔"，带领同学们一大清早从"沈家湾救火会"门前的那块空地出发去学校上课，傍晚又带队回"救火会"来的那段情景描写。我在那处读高小的二十年前，那里就是

救火会侧貌及训练场

华娘娘的母校。故，当时（即上世纪四十年代后期至五十年代初期）真正的687号家中的常住人口，我父亲面上的亲人，其实也只有祖母和华娘娘两人。而当时的她俩则以婆媳相称，一切都好好的。

　　一九四八年深秋的有一天，时局已十分混乱。溧阳路687号铸铁门前的门铃响了，来了一位不速之客。他便是一身戎装，扛一中校军阶的六叔。父亲见到他时就惊呆了：

　　"你怎么在这么个时候回来？你不是在美国的 Scott 军事基地实习得好好的？"

　　但他告诉父亲说，他有个青梅竹马的女朋友薛某（故隐其名，或故误其名。在本记实小说中，尊重生活的真实与真相之原则有二：不会伤害到被叙人之种种的人名、姓氏均会照实道来；而有可能引导他人猜估其隐私者，则一律将其真姓真名隐化而去。重要的只是故事所反映的那段历史的本身。张三还是李四本来就是个符号，无须执着），今年刚从武汉同济医学院毕业，是她去信要他回来结婚的 —— 之前，他出国时，他俩间是有过一场"山盟海誓"的爱情承诺的。他说，他要遵守诺言。

"那，你就回来了？！"

六叔明白他哥哥的愤怒，他将话题扯开了去。他说，他从美国给他哥哥带回了一座 RCA 的落地收音连电唱机，而且还是最新款的那一种。

人都回来了，都到家门口了，咋办？父亲无话可说，也无言以对。他只是对弟弟作了如下一段阐述，听不听由他，讲不讲在你 —— 这本是父亲个性的一个组成部分。他说：

"现在贪污风气弥漫，这个政府已病入膏肓，基本上已无药可救了。你不见那些贪官们一家家的都卷起了金的银的细软的，天天往外跑吗？你还回来？回来还加入他们的军队？你哥哥我服务政府几十年了，为什么会在去年决然辞职不干，宁愿自己出来，从头来过？就知道再与他们混下去，结局不会好。这些我不都在写信时告知过你，你没读到吗？——"

但六叔耸耸肩，笑笑，算是作答了。

以六叔回国那件事，我创作了小说《风化案》中晓海父亲的形象。一个是小说人物，另一个是生活原型，人生结局虽不尽相同，但也相异而神似。

六叔后来进了江湾机场做地勤。一副美式做派，每天，他开一辆敞篷式的吉普，佩一柄油黑乌光的"勃朗宁"小手枪，带着女朋友，满上海兜风，上演了一出十足的"吉普女郎"好莱坞剧。

他与薛某结婚于一九四九年的盛夏。当时的上海已经解放，但天安门城楼上的那声庄严的宣布还未曾响起的空隙期。两人婚后住进了上海西区的一栋花园式小公寓里，恩恩爱爱，甜甜蜜蜜，很快便有了一个女儿，取名"吴禾"（采用"禾"字的意思，据后来六叔的解释，说是因为我的名字已取了"正"的缘故。他说，我们的下一代都用单名，而且还都是五笔画的，这不很有统一性了？男孩取"正"，女孩取"禾"，一刚一柔，也有了性别之分，云云）。正所谓：幸福的家庭都很相似，不幸的家庭各有各的不幸。六叔的人生经历，至此，还属于这句判断语的前半部分。

好花不久，好景不长。六叔的那场人生的"梦幻泡影"（《金刚经》语）被戳破在了几年后的"镇反运动"期间。一辆他在一九四八、四九年间常开进又开出的同类型的帆布顶棚的吉普车，把他从家中带走，从此再也没回来过。他的罪名是：历史反革命兼匪特嫌疑。好在他还很年轻，没有过血债，再说也没正式担任过任何实职，故"靶子场"那类地方还轮不到他去。他被判了五年有期徒刑，押送去了湖北沙洋的劳改农场服刑。其实，三年、五年还是七年，在那个时代，一旦被关进了那种地方，便意味着终身。假如不是一九七九年乌云退去，六叔是永不可能走出那扇大铁门的。他跨进门去的时间是一九五二年，踏出门来在一九七九年，其间整整二十七年。而他，也从一个英姿勃发的青年变成了一个弯腰佝背的准老人了。

在这期间，那件最要了他命的事情是：二十七年前，就当他在拘留所收到军管会判决书的同一天，他还收到了另一份法院的通知书：他的妻子已单方面提出离婚，法院核准了她的离婚请求，并还将那个刚满三岁的女儿也一同判了给她……现在的六叔，真叫什么都没了。没了自由不说，还没了家庭，没了妻女。他孑然一身，只剩下了这副躯壳。

当然，这一切都在二十七年后都成为了过去 —— 其实，这世间事，只要你不自找绝路，咬一咬牙关，再长再大的灾难都会成为过去 —— 一九七九年后的他又被恢复了一切他应得的权利和地位。他重回武（汉）大（学）执教。工资待遇也都核定在了那个适当的行政（学术）级别上。但，他又如何能去得？他前妻的现任丈夫是同济医学院的院长，连前妻本人，乃至于他的"吴禾"（当然现在早已不再叫什么"吴禾"啦，她不仅改了五笔画的名，而且还改了姓 —— 改成姓张姓李姓王，我不知晓，反正她后爹姓什么，她就姓什么）也都成了该医学院的"博（士生）导（师）"。而七九年全国院系大调整时，同济医学院又并入"武大"，成为了它的附属医学院。如果回去，这低头不见抬头见的，叫他如何受得？于是，他便选择放弃这一切，重新退回到那扇大铁门里去。这回，他当然不再是犯人了，而是管理犯人的教育人员。他说，他在那里也过惯了，他已不再适应外面自由的空气。就这样，他一直待在那座劳改营里，直到他去世。那年，他六十整岁。而他的俊哥，也就是我爸爸，则早他两年，在香港离开了这个尘世。

六叔的那出最终还是以喜剧情节（能算作"喜剧"吗？—— 一惑。）结尾的悲剧人生故事，这三言两语地就给讲完了。下面要讲的是我的小叔，即七叔的故事。而后再会轮到华娘娘。这是因为，这三个于同一年随祖母入住687号的人物之间，假如还未能说清前两个的话，第三个人的故事线索便可能会时顿时续。反正都要讲的了，那就索性来它个按次第道来吧。

一九五一年初夏，也就是从美返国的六叔冷不丁地出现在687号铁门前的三年之后，几乎相同的一幕又重演了。这回戏的主角换成了七叔。

正是石榴树开花的季节，父亲听到前门铃响，便打开了客堂间的大门：谁呀？ 他从石榴树的花斑叶影里，经过了短短的磨石院径，朝小铁门走了过去。铁门打开了，门口站着的是他的小弟弟，他的身边还摆放着大堆的行李。父亲问：

"今年怎么这么早就放暑假了？"

"不是放暑假，"七叔答道，"三句两句也说不清，进屋里再谈吧。"

在客堂间的沙发上坐下之后，七叔才告诉他哥哥，他已从南开大学退学了，肄业证书也已经领了。父亲一听，气得七孔冒烟，差点儿没从皮沙发上跳起来。但七叔说：

"俊哥你别急嘛。如今是个好时机。新政府号召建设大东北，那儿现在正缺人才。广阔天地，大有作为。"

哥哥说："那是宣传，政治宣传！ 你怎么 …… 再说了，你要建设东北西北的都可以，读好书再去，不更好？"

弟弟抢白道："前途的机会是一瞬即逝，可遇不可求的，过了此村就没那店啦。读书的机会倒是一直存在 ……"

哥哥道："正好相反！ 学业不靠你现在的年龄去完成，日后后悔莫及！ 而你只要有了学历，还怕找不到称心如意的工作？"

　　他们哥俩谁也说不服谁。但毕竟，前途是七叔的，选择也只有他自己才有权做出。你让父亲还能说些什么呢 —— 除了沉默。但 ——

　　"沉默不等于默许。"这是四十年后，父亲坐在香港客厅里的，那张他老坐那儿的藤条椅里所说的一句话。这话他说过许多次了，每说一次，悔疚之情便溢于言表。他悔当初，当初他应当坚定地阻挡他大弟和小弟之所为。但，这又有可能么？命运的奥妙就在于它不会让你知道它的明天。难道你还想从这人生的单行道上再一盏红灯一盏红灯地闯回去不成？

　　于是，一切就这么地定了下来。父亲再一次地替他的弟弟准备了一大堆东北御寒用的生活用品，送他上了去吉林的火车。再后来的后来，当我逐渐知晓了七叔为什么会去东北落户的前因后果的完整版时，我已成年。而当我自己也成了半个作家那会儿，我当然会去读海派小说家张爱玲的作品。张爱玲自己没去过东北，她后来去了香港，再转道去的美国定居。但在她的作品中却不无当年赶理想时髦的男女青年们，如何响应国家号召，奔赴东北建设第一线的火热场面。她还以此场景作为时尚，替她那部著名的长篇小说《半生缘》(又名《十八春》)加添上了一个所谓"光明的尾巴"(创造该作品时的张爱玲还没出国，她还留在了上海。著书自然得有所"迎合")。在此场景中，屡经生活沧桑磨难的女主角曼桢就是在东北人民的欢迎大会上重遇那位一直默默爱着她的，从六安医院来的慕瑾院长的。而所有从大上海赶来此地的建设者们发现，竟然大家还都是熟人。他们都不约而同地一块儿参与到了这场建设高潮中来了。但就当晚会在锣鼓喧天声中拉开帷幕时，人们发现，曼桢和慕瑾院长两个人的座位空了。他们双双都去哪儿了？这是小说的一个惆怅、无奈而又带上了点隐喻与悬念的结局——是的，他们都去哪儿了呢？我问自己，也想问问七叔他们。

几个月后，父亲就接到了弟弟从东北发来的信。信中，七叔眉飞色舞地形容道，他被分配在了一家大型的国营机械厂当工程师。厂址在盘石……盘石？盘石在哪里？父亲暂且搁下信来，拿了个放大镜在新版的"新华地图"上找了老半天，才在吉林省辖管区内的一条铁路干线的两个车站之间，发现了"盘石"这个地名。父亲摆下放大镜时，叹了口气，摇了摇头……但无论如何，七叔那兴奋的劲头似乎意犹未尽，他在信中接着说道：

"……而且领导还很器重我，只要我好好干，说不定来日就能升副总……"

时间到了一九五二年。那年的秋天，华娘娘也从那家财会学校毕业了。七叔兴冲冲地从东北的工作地赶回来，准备承母之命，赴沪完婚，正式讨他个媳妇过门来。但就在这一回，七叔，非但是七叔，就包括我父亲在内，第一次见识了华娘娘个性的另一面。

她见到七哥回来，也显得很高兴。替他拎这提那的，安顿好。然后，大家便围着那张红木方桌吃饭，席间笑语阔谈按下不表。餐毕，眼看就要谈正事了。华娘娘却提出要与七哥去亭子间"单独谈谈"。这段过程，都是母亲后来告诉我的。说，他们一上楼去，就谈了一个多小时。其间，你爸也觉得纳闷：新婚入洞房，想外出去借栈房也可以啊（上海人那时还没"宾馆"或"酒店"之一说，代以"客栈"或"栈房"而称之：时光仿佛仍停留在了剑客闯荡江湖的年代），就是要住家里，至少也会让间正房给他俩用啊。去亭子间里嘀嘀咕咕点啥呢？

半个多时辰过去了，是七叔先下的楼。他脸色苍白，嘴唇颤抖。他向长兄长嫂苦笑了笑，道：

"事情吹了，华妹说，我俩性格不合……"

父亲一听，马上就明白了。如今新社会了，再提"童养媳"一事，显然是犯戒的。现在的问题是：娘那里如何交代？华娘娘也下楼来了，她一脸含笑，若无其事。父亲告诉她说，他都知道了。他尊重她的决定。她说：

"谢谢俊哥。"

祖母后来听闻消息，自然不悦。但她老人家知书达理，慈悲为怀。她说，既然这是华姑的选择，她也默认了。自此之后，父母对明华便以"妹妹"相称，而我，当然更是顺理成章地叫她作"华娘娘"了。

至于后来，那天下午再送七叔回吉林去的情景，我倒真是历历在目。是父母两边各一，牵着我的小手，一起去送的。尽管国庆节已过，但哈尔滨路的救火会门前仍然飘扬着用繁体字书写的"欢度国庆"的大红标语。七叔没让我们送他去北火车站，而是在吴淞路武进路的转角上，他登上了一辆邮政绿色的，方额塌鼻的14路无轨电车。他坐到了车厢的最后一排排椅上去，隔着已摇上了的玻璃方窗，向我们挥手作别。这一幕童年的记忆我保存了许多年的新鲜劲，每逢过年过节过国庆，一经过哈尔滨路，见到有标语在风中飘动时，我就会想到它。因为再见七叔，那已是在二十年后的事了。

及此，我的叙述来到了一个十字路口。我该转左，先说华娘娘的故事呢，还是转右，说七叔的？我决定转左。

再回 687 号去？房子倒还在，没遭拆迁，但……但就算有了这种可能，物是人非，再见这一切的一切，忆及那一切的一切，眼忍住了泪，心还是会淌血的呀！

十九

　　其实，华娘娘在一九四七年年底，即父亲决定离开旧政府机构的那一年，就在她就读的那所学校加入了中共领导的学生外围团体。翌年，正式宣誓成为组织成员。从我今天的目光来回观，她之所以会被人发展成为地下党，一是她"童养媳"的身份，二是她温和、敦厚，对任何人事都不会轻易表态和守口如瓶的稳重个性。这已是后来，我到了香港之后的事了。一个冬日的午后，南国温煦的阳光铺满了香港家中的整片客厅的拼花地板。父亲一个人坐在沙发上，那时的他健康情况日衰，稍行几步，就会气喘不已。只有在躺下或坐定时，才能稍事安定。没人打扰他时，他游荡的思路会倏然闪回。在一个不知是何为的上下文中，他突然自言自语道：

　　"我当年就感觉有点奇怪，华妹她为什么会对我作出此项决定（他指的是他离开旧政府机关的那件事）显得如此兴奋，而对我出来，当个自由职业的会计师这样有兴趣？她还抱了你（他用手指了指我），到我写字间来过好多回。她，可不是这种性格的人哪……"

这一回，可轮到我之记忆精灵倏然闪回了。当年的我只有四岁大，但经人一提，记忆便马上站出来，指证说：确有其事。

父亲的会计事务所开设在南京路河南路口上的"慈淑大楼"五楼（此楼现仍为南京路步行街上的一栋地标式建筑，且还让市政府给挂上了重点历史文物保护的大理石牌），取名"正平会计事务所"。此行乃当年上海滩上的名会计师行之一。而如下所叙，很可能就有些记忆外加想象的成分了：我记得每次去父亲的写字间，好像总是由华娘娘，反而很少是由母亲抱着我去的。我们走进大堂，一个穿金红色、制服笔挺的 Boy 便将电梯的那扇抹得金光闪闪的黄铜闸门拉开。梯箱内坐着一个开梯的老者，他和蔼地朝我们笑笑，就将电梯驶到了我们要去的那个楼层。

只有两三岁大的我太喜欢电梯，那种神奇的玩意儿了。瞪大了一对小眼睛四处里打量。而华娘娘是知道我的心思的，总是亲切地将她的脸蛋紧贴着我的，摩挲着，模仿着电梯上升时的马达声，说一句：“唔——！这，我们不就到了？”

然而，父亲每次见到我们，让我们稍坐了一会儿后，就赶紧让我们回家去。他工作很忙。他说，这么远的路，跑到这里来，有啥好玩的？回去的路上还得换几趟车，不方便也不安全。

“阿罗！阿罗！”

他唤他事务所司机的小名，让他用父亲的那辆“奥斯汀”的乌龟小汽车将我们送回家去。

时间是在一九五〇至一九五一年间。十八九岁的华娘娘只要从学校一放课回家，就会抱起我，满屋走。她喜欢我极了，而我，也喜欢她，亲她。家中除了母亲，我最黏乎的人就是她了。遥远的日子，用它模模糊糊的记忆功能告诉我华娘娘当年的模样：一条粗黑的长辫子，两只眼睛乌又大。就像后来回城知青们所弹唱的那首《小芳》歌词里小芳的形象。

让叙述再回到一九五二年某一天某一时段的溧阳路687号扶梯口的走廊上去。我说过了，我就是在那儿见到了第二个真实的人影：华娘娘的。她正抱着我，逗我玩。但就当我将幼嫩的小手指伸进门缝里，企图抓住门框时，一阵风吹来，将廊门“砰”上了，我的手指被卡在了门缝里。华娘娘火急火燎地将门重新推开，拔出我的小手来，但我的两只手指已紫血成了一片模糊。我疼得“哇哇”大哭。华娘娘急傻了，不知如何是好。她用一只手捂实了我受伤的手指，另一只手则猛烈地抽打自己的耳光！一边抽，一边还哭着说：

"弟弟（不知是何故，家中所有大人 —— 除了父亲，父亲直呼我名 —— 不是叫我"囡囡"，就是 叫我"弟弟"。华娘娘更甚，她还把自己称作姐姐）打姐姐，打死姐姐！ 是姐姐不好。弟弟打姐姐！ 打姐姐！！ 打姐姐！！！ 打死姐姐，姐姐才舒服……"

我一见她这样 —— 这情形是在后来的日子里，她告诉我的 —— 我的哭声突然就终止了。我搂实了她的脖子，使劲地亲她。我说：

"弟弟不痛了，弟弟好了，姐姐别急啊！"

她告诉我，从小，你就是个有情有义的孩子啊。

七叔与华娘娘的那段婚事之所以会告吹的一大部分原因当然是出于华娘娘深思熟虑的结果 —— 在一起生活了这么多年，她深知七叔那倔强的个性和横蛮的脾气，她觉得她受不了。另一原因是：组织上也已替她安排好了一位在一九三八年就参加革命，至今未娶的山东籍的老同志作为婚恋的对象。她虽没有见到过他，但她信任组织，也得服从组织。华娘娘在七叔那年国庆回东北后没多久，也辞别了我的父母和溧阳路687号，前往山东沂蒙。

那位老革命，也就是我日后的姑父是位性情耿直、心地善良的好人。他的名字，再普通不过了，叫王平。当时，他在沂蒙地区担任一位相当于地级部门的领导。祖母刚去世，现在明华又要走，687号顿时显得冷清凋零了起来。其实，父母是很舍不得"华妹"离开的，但父亲仍坚信她一定会有个美好的前程。父亲就像嫁女儿那样，替她准备了几口皮箱的衣裙衫裤，还有毛毯棉被日用品什么的，将她送走。

　　但无论如何，就时间顺序而言，在她离开687号前，有一件事 —— 当时的她不曾向任何人透露过，她当然不会透露的，再说，也不能透露。之后，时间已流淌过去了四十年，在改革开放后了的中国，当我与她再度重逢时，她才告诉了我事情的原委 —— 我想，我也应该向我的读者们作出个交代。

　　那时，六叔刚出事。这是当年还是他妻子的薛某气急败坏地赶到687号来告知的情形。父亲当然也很着急，但也无可奈何，除了叹气、摇头、搓手顿足外，你说，他还能做些什么？而华娘娘站在一旁，听得分明，却急出了一身冷汗。

　　她倒不是为六叔这件事本身，她明白六叔有今日，这是早晚的事。令她着急的是那把"勃朗宁"手枪 —— 也就是当年六叔如何带着女朋友威风八面地兜"吉普女郎"车风时，腰间别着的那一柄"傢什"。是人都见着了，华娘娘能见不到？吉普车没问题，当然已经退回原处，否则，公安局用来抓他和其他人的敞篷小吉普又从何而来？但，枪，枪去哪儿了？华娘娘断定枪是不用上缴的，枪一定是让他给藏在了687号的哪里。六哥这只"闯祸胚"，能干出什么好事来？他出事，很可能会牵连到687号。到时一抄出枪来，俊哥怎么办？每天都参加组织生活的华娘娘明白个中厉害。在那个不分，也分不清青红皂白的年代，俊哥就可能枉死在这一劈惊雷之下！但她却又不能有半丁点儿声张出去的表露，尤其不能让俊哥俊嫂他俩知道 —— 他们会吓得六神无主的！他们还有一个可爱的小弟弟要带大，而俊嫂面上，还有一大家子人要靠俊哥来养活。她必须要在他们毫不知情的前提下，先把枪找出来，然后处理掉，无声无息。

偌大的一栋687号，而时限仅得半日一夜。因为，假如是祸，过了这十多个小时也就无所谓祸不祸了。她偷偷儿地翻寻了一些地方，没有。她的行为与神情反倒引起了父亲的注意，问：

"华妹，你这是在找什么呀？"

"没什么，没什么。我放忘了一册书，现在要用。"

"噢……"

溧阳路687号同排小洋楼之今貌

她想，这不行。她必须冷静分析一下六哥他最可能藏物的地方。她记起了组织上如何教导他们，在国民党特务的眼皮子底下，我们地下党的同志们是如何机智应变的。她想，这个念头的进入对她很有用。她镇静了下来。她猛然记起了那座 RCA 落地机硕大的喇叭箱来。她将手伸进去一摸，果然有件硬邦邦的东西在，抽出来一看，正是那枪 —— 且还附有六发未曾开封的子弹盒！

她的心"怦怦"乱跳，她用布将之包裹好，走出前门，来到了河边。她见四下里无人，再说天色也已擦黑，便"咚"地将它扔入了河水之中。扔入水中去的除了"勃朗宁"，还有华娘娘那颗沉重如磨盘的心。没人知道她做过了些什么，谜底，就像那柄和着淤泥深埋在了河底的"勃朗宁"一样，假如我不在这里将它和盘托出，恐怕永远也不会有见天日的一刻。

就这样，出色的华娘娘以她独特的缜密与细心，悄悄地消弭了一场可能会令这一家子老小都陷入灭顶之灾里去的所有隐患 —— 虽然在后来，想象之中可能会出现的公安人员其实并没有到来。

在往后的岁月里，鉴于父亲在民国时期的履历，当然还有华娘娘的那个所谓受"封建家庭压迫和欺凌"的"童养媳"身份，组织上要她"认真考虑一下"她与我父亲还有无必要保持往来与关系的那个问题。唯在这一点上，华娘娘坚持住了。她说，俊哥非但是我哥哥，他还是我的父亲（不知道这是否就是她对我自称为"姐姐"的缘故？），没有他的理解和支持，哪有我向明华的今天？别的人与事，她都可以听从组织，唯要她与"反动亲属"划清界限这一点上，她说她做不到 —— 再说，也不能这样做。三年自然灾害，我家经济的最拮据期，就在父亲砸锅卖铁，想方设法来维持一家人生计的同时，每个月的那一天，父亲准能从那位穿绿色制服的邮差的手中接过一张三十元的汇款通知单。那邮差将绿色的脚踏车踩出一个熟练的遛弯动作，就停靠在了我家的后门口，一脚点地，唤道：

"77号吴家敲图章，有汇款到！"

父亲于是就拿着图章跑出屋来，他知道，他那远方的"大女儿"寄钱帮补家用来了。三十元，是华娘娘本人工资的一半，在那个时代是一笔不能算小的数额。这种情况一直延续到父亲获准去港才终止。而对于这一童年情景，我有着毫不含糊的记忆，缕缕细节，丝丝入扣于心，清晰如只隔了一个昨夜。

华娘娘的这种态度与做法也是得到她耿直的丈夫王平的支持的。他说：

"向明华同志的做法是对的。人不能忘恩负义。再说了，我们的党也不能没了人情味啊！党性不就是人性的一部分吗？"

以他在党内的资格与地位，别人也只得作罢。唯能说出"党性也是人性的一部分"这样话来的中共干部肯定是这支队伍中的优秀分子。王平的麻烦在于：往往升迁的机会总是与他无缘，他们夫妻俩用放弃了升迁机会的代价维系了与我家的往来。王平以后就一直滞留在了解放初期分派给他的那个职位和级别上，直到他去世。

八十年代中期，他已八十高龄了。他患了肾衰竭 —— 说来也算是战争年代里落下来的病根 —— 这是一种要靠每星期两次透析才能维持其生命的疾病。姑父他去了几次医院后，就毅然决定：放弃。他说，别再让国家花这冤枉钱了。都这把年纪了，还治不好，拖拖时间而已 —— 赶紧把钱用到该用的地方去吧。就这么个倔老头，说不治，十台大轿也抬他不动。后来，当然，他便走了 —— 华娘娘给我打电话的时候说，真还亏他走得早。不然的话，见到当今世道贪污之风如此炽盛，不得肾病死，也得把他给活活气死！你姑父这个人，人是个好人，就脾气坏。华娘娘想不到的是：她摆脱了一个犟个性的七叔，却找了个牛脾气的王平。

今日的华娘娘八十三岁，一个人独居在湘潭市的一套四居室的大房里。一个孩子去了美国，另一个留在长沙。但她说，老了的她最希望能一块儿生活的那个人还是我。而我，我当然也想，但我缺乏接她来上海常住的各种必要条件。其实，我更想的是：再住回687号去。再回687号去？房子倒还在，没遭拆迁，但⋯⋯但就算有了这种可能，物是人非，再见这一切的一切，忆及那一切的一切，眼忍住了泪，心还是会淌血的呀！

东上海的前世今生

二十

再回头说七叔。

那年国庆离沪后，不久又听说母亲去世和六哥一家家破人散的消息，心情自然大为沮丧。但他没去想他自己，他只觉得命运待六哥也太不公平了！他见不到"命运"所包含的更深一层的意蕴。命运一定是最公平的，因果转换，丝毫不爽 —— 对他的六哥，也对他。甚至还对我的父亲，对一切人。他心中应该是会咒骂"华姑"的，骂她对抗祖宗承命，大逆不道之类。但他绝不了解，没有了华姑的机智与果断，连二十年后，他最落难之时要回的家也可能不复存在。但无论如何，连家长的"代理人"，俊哥他也无话可说了，他，作为弟弟的，还能说些什么呢？

他渐渐地重新振奋起来，另觅婚姻对象。这其实也不是件难事，凡有青年男女的地方，这只锅总能找到那只盖的 —— 况且，当时他正处于顺风顺水期。我未来的七婶是他工作的那家大型国企医务室的医生。他来信向家中报告喜讯后的没多久，他们便有了第一个孩子，那就是我的堂弟吴耘。此次，他没去遵守他六哥的"后辈取名都用五笔画"的约定俗成。可能他认为这条 Rule 并不管用，并不能为吴家带来什么幸运。

问题当然不是出在给孩子的取名上。他一生衰运的端倪终于开始显露了出来。怪就怪在，连时间上，他也与六叔回687号来按响门铃的时间间隔相若：三年。这对难兄难弟哪！

就在他有可能升上去当副总的那一年，"引蛇出洞"的阳谋策略开始在全国范围内实施了。七叔还未来得及华丽转身成就为"副总"，倒摇身一变，变成了一条引出洞来的"大蟒蛇"。在他那块知识分子不成群也不成堆的小地方土地方，其好处所依也正是其害处所在：他不名正言顺的是个"大右派"？要知道，当年每个单位要反多少个"右派"也是有"配额"和"比例"的。完不成，自然就是"阶级斗争的盖子被捂住了，没揭开"。谁，敢担此责？

现在可好了，"副总"没当成不说，连工程师的头衔也都一同被取消，下放东北农村当农民去。就这样，一晃二十二年（在这个时间上，他与六叔还是有了点差异：他比他哥哥少受了五年罪），他硬是凭了自己心灵手巧的工艺活儿存活了下来。之后，在全国一片"大平反"的浪潮中，自然也亏待不了他。单位上觉得亏欠了他。除了补发工资外，还主动问他有甚额外的要求没有？他说我一个南方人，在零下二十几度的北方农村落了一身的寒带病。老了，我想回南方去。而那年又恰逢海南开发，继而建省。那家国企便专拨了些资金，在海口搞了家"分厂"，让他负责去管理。名义上如此，实际上就是让他去那儿养病兼养老。这就是为什么我堂弟一家后来都会横跨大中华版图，从中国的最北端一跃而落户扎根去了最南端海南岛的缘故。

七叔去世在二〇〇四年。他七十八岁走的。勉强也算是挤进了长寿者的行列。其间，一九七二年，他以他的负罪之身，总算被恩准回溧阳路687号的老家来省过一回亲。那时的二楼与三楼以及当年他与"华妹"谈话的那间亭子间都已被他户占用。我与母亲早已搬到从前的客堂间里来"蜗居"了。这与一九五二年，他离家时的情势已大相径庭。

但家，毕竟还是他从那儿走出去的家。这个概念他终生不可能改变。他用他那双布满老茧的手，将我与母亲的起居卧室，即从前的那一大间客堂附带了后半间的"小房间"，重新间隔和翻新了一遍。从此家中倒也舒适了不少，地方也更见实用、宽敞和明亮了。他见我每天都在念英文和习琴，就大不以为然。说：

"现在还学这玩意儿，还想着哪天能去你爸那儿一展拳脚么？就快甬走我与你六叔那条老路啦，告诉你，这是条死胡同！不通不说，还坑死人！"

叫我怎么来形容呢？七叔这个人，他做梦在世界清醒时，又清醒于世界打算进入梦乡后。多少年后，正如我前述过的那样，年迈了父亲在香港，常会无缘无故地忆及687号的那些温馨而又峥嵘的岁月；想起他的那两个"宝货"（江阴土话）弟弟来。而每回提起，他都揪心不已。他说：

"时代是那么个时代，这没错。但怎么说呢？每个人命运的书写者说到底还是他自己。"

此话不无道理 —— 因为此话，倒过来说，也一样成立。

东上海的前世今生

二十一

纵观父亲这一生，聚聚散散，合合离离。反而是母亲与我共同生活的时间最长，有六十年。而父亲则总是单个只影。可见人命运之定数其实早已在冥冥之中敲定。

　　再回到一九五二年，一九五二年的三楼。

　　我为什么要回三楼去呢？因为自始至终，除了客堂间外，我的生活主场所就是三楼。如此情形至少在一九六六年抄家，住房遭紧缩，我与母亲被人从扶梯上给"扫"下来，扫到客堂间里去居住之前，一直是这样的。那一年，我十八岁。

　　我记得我曾在《后窗》的小说中描写过三楼的所谓"阁楼风情"，那个场景倒是纯属虚构。真实的三楼是一间正正方方的，有着很高爽楼顶的正规房间，面积在二十六七平方米上下 —— 与客堂间和二楼正房的面积相若。所谓"有粗木梁暴露在外，屋顶倾斜及地"一类的情调描写，都是有一回我去永嘉路上的一家亲戚家做客，在他家的那栋英式洋房的阁楼里所见而采集回来的素材。他家的户外有一大片绿茵的草地和小树林，坐在他家的阁楼里，从半月形的边窗望出去，细雨迷蒙的季节，一切都笼罩在诗一般浅灰色的情调里，那感觉棒极了！我想，假如我家也能有这样的一间阁楼，窗外也有这么样的一派景色，那就好了。就这么个若有若无的隐念，一旦当《后窗》落笔时，这种幻觉便丝丝缕缕地渗透了进来，成为了我家三楼室内环景描写的替代品。

　　但怎么来说，那一张铺着绿色衬绒玻璃台板的墨绿色写字台，一把皮圈椅以及台面上的那座黄铜质的，遮盖以一顶湖绿色玻璃灯罩的台灯；一厚叠高高垒起在一旁，父亲去港后仍留剩于那儿的中英文册籍；装镶在精致红木托盘中的文房四宝，一方端砚，一圆笔筒，一支父亲用来书写英文函件时使用的粗锋蘸水笔，"斜插在'英雄牌'墨水立瓶的瓶口上悠转悠转"等细节的描写；还有，还有就是那些散落在玻璃台板下的，各种尺寸的，属于各个不同历史时期，已开始发黄了的怀旧照片，这些都是真实的，都是在那个年代的三楼那间房中所能见到的景物。

　　青少年时代的我，老喜欢在黄昏近晚时分，一个人静静地坐在父亲的那张皮圈椅中，凝视着桌面上的那一片被杏黄色的台灯灯光所打亮了的林林总总，作一些漫无边际的遐想。然后，然后再在纸片上涂鸦些永远也无法着陆的思绪的片言只语，感觉这才叫是一顿上好的精神盛餐呢。有时，我会站起身来，学着父亲当年的模样，在房内背着手踱步。我打开了那台"美多"牌，带绿光猫眼的收音机（RCA 变卖了后，就换成了这一台便宜点的国产台式收音机），收听一段"外国音乐点播"节目中的肖邦。继而推开落地长窗，走上露台，走进了暮霭中去。

　　这是一座三四平米见方的室内露台，站在上面，除了能俯瞰到虹口港的那条波光粼粼的河水和行人稀少的荻思威路外，还可以远眺天边落日后的七彩余晖，让人陡感"少年维特之烦恼"（歌德语）。那时代的上海，高楼极其稀少，从三层楼望出去的视野因而已显得十分广阔了。真有点儿古人诗词中"欲穷千里目，更上一层楼"的意境。

　　当然，也有时，我会循另一个方向走出房去。经过一方木扶梯的围栏平台，再步下几级水泥台阶，去到那片后晒台上。那里有一窝我饲养的鸽子，我站在鸽棚前逗它们玩，喂它们食，听它们"咕咕咕"的亲昵的叫唤声。俯瞰后弄堂里群屋高低起伏的房脊，犹如眺望一片波涛汹涌的海面那般，偶尔，我也会侧耳辨听弄内居民们下班时分的嘈杂人声，自行车铃声，还有谁家"灶披间"里传出来的，起油锅时的"呲嚓"之声，由强渐弱。让自己几乎忘我地沉浸在了都市傍晚时分活色生香的生活情趣之中。而我想在此作出的那点声明是：所有这些情景细节，无论我曾在我的虚构小说中提及或没提及的，都应归属于"非虚构范畴"。那时的我早已过了再去后弄堂找"汰鼻涕阿三"或"垃圾筒老虎"玩耍的年龄了，我会一直一个人有滋有味地待在三层楼上，直到楼下传来母亲唤我下楼去吃晚饭的呼喊声。

作者母亲，1940年摄于上海，
时年二十九岁

作者父亲，1938年摄于上海，
时年二十九岁

　　在天色完全擦黑前，当后弄堂大大小小的窗口开始陆陆续续地透出淡晕色的黄灯光来时，我也从后晒台重返屋内，为的是要去完成那桩对于三楼正房里种种陈设的描述任务。
　　刚才我书写的情景应该是在一九六二至一九六三年间的三楼以及我自己。687号五十年代初中期的大家庭式的生活场景到那时，其实已经消失了一大半。从青少年时代开始，我便生成了一种只与母亲两人相依为命的亲附力。此刻的我正站在三楼正房的门口，向室内环视。我在思索，我在凝神，我正运用我的精神输送能力，将那个年龄段上的我再退回到更遥远更年幼的自己去。

一九五二年，我四岁。三楼正房是我、父亲和母亲的卧室。唯那时的房间陈设与一九六二年的差别也不太大，或者可以说，几乎没什么差别。缺少的只是它的一个常住成员：我的父亲。夜幕降临，此刻的父亲，正在国境线的那一边，匆匆赶回住所去呢。他需要在一个新的环境里重起谋生的炉灶，为他，也为了这个家。于是，我的心头便骤然升起了一缕遥远的思念与惆怅之情。

整个三楼的房间布置着一套上世纪四十年代后期上海最流行的柚木贴面的卧房家具：带立地镜面的三门衣柜，五斗橱，镶椭圆镜的化妆台，化妆矮凳以及五尺半的（现流行叫 Queen Size）的双人床各一。余下的空间中摆放着的，除了我刚才说到的，我从那儿站立起身来，开始在房内踱步的写字台以及皮圈椅外，还有一张四尺宽的湖蓝色铁架的棕绷床，它与柚木大床成垂直角度错位而放 —— 这是让四岁的我睡觉的地方。还有，也就是那次脱裤被抽打的"鸡毛帚事件"的发生地。房间中的大件家具已介绍完毕。再要作些补充的，第一是那两幅重垂在落地长窗跟前的紫红色的天鹅绒窗帘，然后便是那些从画经线上方卷挂而下的各种字画长轴。其中有一幅是缪姓画家画的"寒菊图"，我印象最深。其写实笔法将秋菊的种种姿态刻画得栩栩如生，大有点儿夺壁而出的意思。另一幅镶在红木镜框里的，是父亲五十岁生日那一回，父亲的好友顾伯伯送给他的唤作"白猿攀枝"的祝寿图 —— 当然，那已是后话了。一九五二年的时候，它并不存在。这些书境画意衬托在当年还很新净的湖绿色的墙面上，和谐而优雅，凸显出了浓郁的书卷气息。

退回房门的进口处来：与房门进口在同一立面上的是一排柚木隔条的壁柜趟门。这类日式味十足的宅所设施在今日的韩剧和日剧里常能见到。壁柜及地触顶，共分三层。上两层堆放父亲的书籍及古玩字画。下层或唤作为"榻榻米"，也无不可。三尺见宽的空间，一半叠放箱柜，另一半可以睡人 —— 父亲去港

后，而当我娘俩还未被扫下楼去的那四年半的光景里，我就睡在里面。大床让给母亲一个人睡，小铁床则拆了去，为了能让房间更显 spacious（宽敞些）。无他，因为这里，唯这里，才是我除了上学之外最常待的那个地方。这里是我营造自我世界，演出自我活剧的重要舞台。你看，我不说不说又说到六十年代去了 —— 也难怪，那段时期，正是我之自我人格塑造与成形的关键期。日后，无论是我的作家人格还是我的处世人格都定型在了那个时期的那方地块上。

但一九五二年的时候，我当然是不会睡在壁柜里的。不知道是在一九五四年还是一九五五年，我家卧房的夜睡格局来了个大调整。本来我睡的小铁床让给了父亲去用，母亲则带我睡在了大床上。原因是父亲有夜读的习惯，为了不影响母亲的休息，父亲便单寝。他在小床的床头上夹上了一盏戴歪铁帽的床头灯，每晚都会亮到半夜过后才熄去。而父亲睡枕的两边则堆满了不是线装的古典书，就是烫金的英文原著。当然，我是见不到父亲就灯夜读的种种细节的。我一般入睡的时间不会超过晚上八时。而那时，正好是母亲收听990千周"弹词开篇"节目的时段，于是，那软软绵绵的吴语调门再配上琵琶弦子的"叮咚"之声便成了我的"摇篮曲"，每晚，不到这种氛围成熟时，我是不会安然入梦的。

这种温馨祥和的家居生活，在我的记忆中，第一次被打破是在一九五七年的反右运动的高峰期，那年我只有九岁。只感到家中的气氛紧张而诡谲。墨绿写字台上的书籍都被撤理一空，以腾出空间来，好让父亲用毛笔来书写"大字报"。他写了一张又一张，墨迹未干，他就把它们先晾在了光漆的地板上，准备第二天拿去学校张贴出来。这些大字报当然不是父亲在给党提什么意见，更不是恶毒攻击"谁谁谁"的那一类。而是父亲必须对学校当局组织人员对包括父亲在内的某些重点"对象人物"，运用"大字报"这种"新式武器"进行揭发批判后，被批对象不得不作出的自我辩解和情况说明。那些日子里，三楼房中，灯火通明，评弹节目也不听了，时过八点我也不睡了。母亲着急地对我喊道：

"弟弟，侬快去困觉呀，都八点半啦 ——"

但我说，不听"弹词开篇"，我困不着。父母似乎也都理解我的心情，或者说，他们也都没心情去理解我的心情。他俩互望而苦笑了笑，便又继续去干他们的书写和晾纸的活儿了。

形势已摆得很明。有一次，我听得父亲吩咐母亲说，让她替他准备些牙膏牙刷毛巾肥皂一类的日用品，还准备几件过冬用的衣物。母亲手中还拎着一张刚刚过墨的大字报，困惑地望着父亲，呆了。父亲道：

"难道你认为六弟的事就一定不会发生在我的身上？"

母亲闻言便哭了。她无声地掉着眼泪，一滴一滴的，将地板上刚晾干了的墨迹又重新漾化了开来。

我从未见过如此阵势，懵了。急急地从床褥上爬过去，抱住了坐在床沿边上的母亲的大腿，我凝视着她的眼睛，说：

"姆妈，您怎么啦？您哭了？"

母亲无言，她摆了摆手，示意让我重新回被窝里去躺下，别再多问。但父亲却笑了，他说：

"分分聚聚是我俩的命 —— 而且分多聚少。你难道不觉得是这样吗？从我们订婚到结婚，你留上海，我随府内迁。以后你又过来，沙坪坝住不了几年，胜利了，我又回上海，而你再来。一晃十年，这回聚的时间够长的啦。不要紧的，分了还会再聚么！"

父亲真不愧是位了不起的预言家。倒不是那些牙膏肥皂毛巾什么的真派上了用场 —— 那天下午，学校告示栏里言明了本来预定于下午某时某刻在学校食堂里批判吴某人的师生大会宣告取消。原因后来才得知：就在前一天的深夜，学校当局突然就接旨于上海市高教局，而高教局一定是接旨于高教部，高教部接旨于中央，中央接旨于当今皇上，说，"反右运动"从精神传达到的那一刻起就算是结束了，反了的就当右派来处理，没反到的则作罢（估计是各地送报上来的百分之几多的人数比例已经达标）。就这么神奇！—— 父亲准备了许多天的发言稿也都在一刻间变成了一堆废纸 —— 就当这张险恶之网开始收拢时，父亲成了少数几尾还能从网口边缘重新滑入水中去的鱼儿之一。

但，这并不表示父亲的那个理论就不成立。父亲被含糊地定性了个"右派边缘分子"的名堂，调出上海，发配去安徽某院校继续任教。这，不又分了？但二年半后，他又退职重回687号，过起了他那"无业游民"的生活，这回可又聚了。这段经济的最拮据期，就像我前述的那般，他将家中能变卖的：字画、首饰、家具、皮沙发、RCA、狐皮大衣，最后连687号的二楼正房连带亭子间也都一同给顶让了出去。想方设法，弄钱来把日子过下去。然而，眼看就快到了弹尽粮绝的地步了，一九六二年春上，父亲去港的申请批复了下来。他这一走，就再没回来过。待到母亲一九七八年年底与他在港团聚时，他六十九岁，母亲六十八。就这样，他俩在香港的英治期内又过了六年多"安定繁荣"的日子。父亲离世在一九八五年。这次之后，待到他俩再度见到面，那已是二十二年后的事了。二○○八年，老母亲去世在了她九十六岁的年纪上。这回，他俩可以永远在一块了，他们相聚在了天堂。

　　纵观父亲这一生，聚聚散散，合合离离。反而是母亲与我共同生活的时间最长，有六十年。而父亲则总是单个只影。可见人命运之定数其实早已在冥冥之中敲定。奔波徒劳，怨尤更糟。道学的窥命观，除了能满足人们的好奇心外，于事无补——就算给你都窥透了，又如何？相比之下，儒教的安命观，显得高明些：倡导"安贫乐道"，既然已定，还恼心它干吗？还有佛学的修命观，更见有其积极意义。但，这决不是叫你去与天斗与地斗与人斗，而是要"与己斗"，与自己灵魂深处自无世劫以来隐藏着的恶习性斗，这，才有了改写命运的可能。

东上海的前世今生

二十二

时间流呀流的，就流到了八十年代初。年近古稀的顾伯伯又赶上了改革开放的那趟车。他便再来了个"老骥伏枥志在千里"。他变成了当时硕果仅剩的几位财经权威之一。

父亲的好友，至今我还能叫得出名字来的也就是那么八九十来个。一半是他在国民政府工作时期的同事，另一半则是他会计师公会的同行。后来，历经时变，两拨人又重新分裂，组合成了另外两拨职业群落：一半进了大专院校教书，另一半则在不同的时期去了海外。毋庸赘述，前一半肯定命运多舛，后一半则多数能善始善终的。父亲的情形有些特殊，无论是在时间还是空间的归属上，他都是个跨越两界者。

在他们之中的唯一例外是顾伯伯 —— 顾福佑（复予）先生。他及时转型，进入了上海市财政局当干部，还成为了当年的业务骨干。顾伯伯待人极为谦和可亲，儒雅而又有书卷气。顾伯伯，确实是他们那代知识人群中的一个异数（拙文《穿中山装的顾伯伯》虽是篇写于二十多年前的不满三千字的散文，窃以为，无论从哪个角度来说，它都能对顾伯伯立体形象的树立起到点"补妆"的作用）。

顾伯伯非但是五十年代初期被重用，五七年的反右也没轮到他。非但五七年的反右没轮到他，六六年的"文革"狂飙，他也只被吹乱了点须发。事过之后，回家梳理梳理，在第二天朝阳里出现的，还是又一个"光鲜夺目"的顾伯伯。

必须说明的一点是：顾伯伯这么些年来的命运路途平坦通畅，决不是因为他像某些人，靠"打小报告"、"递密材料"获取领导信任而后得以重用的。恰恰相反，他是个只要遇到有"人事外调"（那时代，各单位都兴"外调"那档子事），过到他那里来的，能说好话的，尽量说好话。实在圆不了调的，他就来个"敝人可能不在场，故无可奉告"应对之。但他态度诚恳、谦逊，表现出了欲与外调人员充分合作的诚意。故每次都是保护了该保护的，也没得罪不该得罪的。其实，他的这种个性与处世风格，非但没有损害当局对他的信任，反倒还加了分。理缘于：即便是在各级部门当领导之人，其实本身也都很不稳定。所谓"铁打的衙门，流水的官"，今天的领导，明天也有可能被打倒，后天又说是"好同志"，再过多一天，又被重用了。但无论是被打倒还是起用，在朝或者在野，对顾某人的印象都会用个"好"字来形容。这是因为人的本性其实也都差不多，最能记住他们患难时的恩人。于是，顾伯伯左右逢源便是件顺理成章的事了。

我一直在想，顾伯伯的人生正是佛学里所谓的"种善因结善果"的典例，非但对他那代人，就是对我们这一代，甚至是我们的下一代，即"八〇"、"九〇"、"〇〇"后的人群都各有启迪，各有所取的实例教化之用。

时间流呀流的，就流到了八十年代初。年近古稀的顾伯伯又赶上了改革开放的那趟车。他便再来了个"老骥伏枥志在千里"。他变成了当时硕果仅剩的几位财经权威之一。虽早已过了退休年龄，但仍被返聘。而他毅然"下海"，创办了上海私营企业被取缔后的第一家 Partnership（股权合作制）的会计事务所。定名为"上海会计事务所"，就开设在当年外滩地区唯一的那幢玻璃幕墙的大厦 —— "联谊大厦"里。而当时的上海市长汪道涵还兼任了他们事务所的名誉顾问，可见这家会计师行的官方与人事背景。

顾伯伯的另一头衔是上海 CPA（Certified Public Accountant—— 执业会计师）资格审核小组的负责人之一。在这个时期里，凡送到他手上的，上世纪四五十年代老会计师公会的同人 —— 这些历次政治运动的劫后余生者们 —— 他都网开一面。无论他还能干些事的，或是根本就干不了什么的；无论是身体还算硬朗，或是老态龙钟的，他都一律签发新社会新中国新时期的新会计师资格证书给他们，以让他们"老有所慰"。我总记得在我与他后来的几次极有限的会面中，他曾向我说过的那段话：

"世侄啊，能饶人处且饶人，能助人处且助人。将来大家都老了，走了，去另一个世界了，我现在就要为那时大家再见面时准备多一份见面礼啊。"

你看他，都已想到生后与来世了。这，就是顾伯伯。还有一句话是我父亲讲的，我记得我在上文的哪里也曾提到过，大意是说：与其埋怨时代，还不如检点一下自己是如何做人的来得更管用。

顾伯伯故事的高潮戏的到来是在一九八三年的香港。病体已衰的父亲每日总还不忘打开电视机，看他那档六点钟的整点"新闻播报"。那天傍晚，新闻内容中有一条是上海市政府经贸代表团访港的消息。那时节，内地来港的官方人员极少，故此事还上了新闻的头条。在红磡火车总站手捧鲜花下车的人群中，父亲似乎见到了一张熟悉的面孔。

"萃英！萃英！"

病中的父亲，不知何故，这回的叫声变得特别洪亮。听到喊声，母亲慌忙从内室里奔了出来，还以为出了什么乱子。但父亲说：

"好像是福佑兄来香港了……"

母亲说："来电话了？"

"不，是电视机里说的。"

"电视机里……"

正说着呢，TVB 摄像机的一个近距离的变焦抓拍，整个电视光屏上都被顾伯伯的那张脸部特写给占据了。

"是他！是他！"父亲激动地叫喊着，竟然都从病床上走下地来了。他俩是在第二天见的面，父亲这才知道，顾兄是次为代表团的副团长，团长是上海市政府的秘书长。这些情节，我都在《穿着中山装的顾伯伯》中有过描述，故不打算在此重复了。感谢上苍的仁慈安排，让这两位上世纪四五十年代上海的老友，终于在父亲离世的前一年，在香港有了见最后一面的机会。

叙述顾伯伯这个人物留在我记忆里的种种细节之所以欲罢不能的原因另有其二。一是他家也住"东上海"：东长治路高阳路 —— 这一来，不与这部我正在写作之中的小说有了某种隐意上的关联了？二是顾伯伯也有一个与我年龄相若的儿子：顾抗。在那个年龄段上的我们，一旦接上了线，随即便会擦出友情的火花来，成了日后情深意笃的一对好玩伴。

先说说顾家：从东长治路上的一条破旧的弄堂里（其破旧程度与我家的后弄堂堪有一比）拐弯进去。一转身，便"柳暗花明又一村"了。你会见到一排带有庭院的钢窗蜡地的新里建筑，故我每每见到父亲给顾友发信时，信封皮上总是写着：东长治路一千一百多少弄"内新弄"，多少号的字样。可见只有如此交代，函件才能准确寄抵。这与我家前门开在荻思威路上，后门通往一条陋弄去的设计有点异曲同工之妙。只是顾家的宅所更隐密，更有点"曲径通幽"或"大隐隐于市"的意思。

虹口居民弄一景（约二十世纪五六十年代）

　　他家地方很大，楼下客堂里还辟多一间乒乓室，全套"红双喜"乒乓球台，叫人打球打得十二分地过瘾。你想，一个常年在嘉兴路菜场斩肉案台上拼杀出来的"种子选手"，此回来到了这张国际级标准的球台跟前一展身手，还不跟"老鼠掉进了白米缸里"一般地乐不可支？而这些，都是上世纪五十年代中后期的事了。父亲去港后，我随母亲也还常去他家坐坐，闲聊一番。搬家后因路远，去的次数也相应减少乃至最后中断。五十多年后的今天，当我一个人孤单地在上海的马路上闲逛时，我也曾凭着印象，摸到过那条弄堂附近去"侦察"过一番。东长治路的那端还在，但通往东大名路的那半截就已完全拆清一空了 —— 其中自然也包括了顾家所在的那排隐蔽于"修竹茂林"中的新里排屋啦 —— 一大片泥砖瓦砾的空旷地上，现在说是要打造北外滩的 CBD（商务中心区），欲与浦江对岸陆家嘴金融中心的高厦楼群遥相呼应，一比高下，云云。唯我对这些21世纪矗立起来的新玩意儿，老实说，兴趣阑珊，我是来寻旧的，不成，于是只得怏怏离去，徒然让心中留下了一片淡淡的惆怅。

其实，我几十年后再度摸去那里所怀着的另一个暗暗意图是：想要找一找顾抗，看看他是否还住那里？六十岁过后的他现在是个啥模样？除了满足好奇心外，还能一叙旧情。因为我与他少年时代的玩谊远不至于他家的那张"红双喜"乒乓桌上拼杀一场那么点儿。他是我的，除了兰葳里、嘉兴路菜场外唯一的外街玩伴。但童谊之深并也不下于与"垃圾筒老虎"他们的。顾抗很大方很有点儿侠气 —— 这可能是他父亲性格的基因遗传 —— 他送我一块"红双喜"牌的双海绵的拍板另加一盒"双喜"标牌的乒乓球不说，还赠予了我一整套捉、斗蟋蟀用的"傢什"。说到我家后晒台饲养的那窝鸽子，"缘起者"其实也是他。他家的晒台上就养鸽子。我去他家玩时，他不厌其烦地将一样样他的"白相干"（上海土话，指玩具，或任何可供摆弄一番的玩意儿）都显摆给我看。他带我上晒台，只听得一阵"嗬啰啰"的呼声，停在对面屋顶上的鸽群就一只只地飞回棚窝里来了，有几只还停在了他摊开的手掌上，啄玉米粒吃。让我看了羡慕不已。他见我喜欢，就随手从鸽窝里提了两对鸽子送我，并助我一起搭起了我家的那座鸽棚，组建了我的第一支"鸽军"队伍。他告诉我说，鸽子必须成对成双地养，就像人一样，没有了伴侣，它受不了，它会死 —— 这话我记到了今天，鸽子尚且如此，那我呢？

少年顾抗，身体棒极了。他与他弄堂里的那些小玩伴们打乒乓球，打羽毛球，踢小洋皮球，浑身上下肌块累累。见了他，母亲老说我，瘦得像根竹竿，你能像顾抗就好啦。但有一次，我亏得没有像他。我见识了从无病恙的顾抗也经历了一次严酷的病痛折磨。

　　事缘每日都在弄堂里疯玩的顾抗有一晚突然说是他屁股痛，并伴有高烧。这下可急坏了他那位美丽的母亲和因青光疾而盲了双目的老婆婆 —— 他可是她俩的命根子啊（说到顾伯母，顺便扯多几句。不知是何故，顾伯母要比顾伯伯小二十几多岁 —— 在他们那个时代，这是件很罕见的事。顾抗少年时，她也仅三十出点头。白皙的肤质，柳曲的身段，是个走在大街上，凡男人都要回头望多她几眼的美人胚子。她不仅在十一二岁的我的眼中是如此，就是很少对人事发表看法的父亲也作类同想。但父亲不用"漂亮"，而是用"体面"两字来形容。他说："福佑兄倒真是娶了个很体面的内人哪……"）。结果到医院去一查，说是肛瘘病。那半个长在肛门边上有鸽蛋大小的红肿块非要待到它自然成熟了，排清了脓水，才能动手术。这样的高烧，这样的疼痛，这样的等待，拖了整整半个月。其间，我也去他家探望过他两回。没料到如此一个生龙活虎，蹦高有一丈蹲下缩三尺的顾抗竟然也落得了如此消瘦、泪流满面的可怜样！再后来，当然脓水也排了，烧也退了，手术也动了。"阿抗"（顾伯母语）又像没事儿似的在他那"内新弄"里一日疯到黑。只是他在家的受宠度，似乎打了点折扣。事关他那年轻的母亲又怀上了一个比他小十岁的弟弟。日后顾家夫妇外出访客或应酬，同行的常是抱在怀中，后来变为了牵在手里的顾家小弟弟"小安"了。阿抗"四阿哥"的地位好像有点儿让"十三阿哥"给抢去了的味道。八卦了别人家的这么些事，会不会有点离题了呢？但我想了想，觉得还不至于。本来就是篇东拉西扯的非虚构回忆文。法无定法，只要能体现那个时代的人情风貌和物语环境的任何拿捏都不妨涉猎，刻意地裁剪与回避反不可取。而既然它们都是我少年记忆活体中的一部分，说说，说说，盘根错节的，索性也就连萝卜带泥一起都给牵扯了出来。

缪伯伯说，他之所以没寻短
见的原因是因为还有一大家
子人要他养，而最重要的
是，他说，他还有一位八十
几多的高堂要他来侍奉啊。

二十三

　　但无论如何，一九五二年的时候，顾伯伯的形象还远未在那个年纪的我的记忆之中出现 —— 尽管那时，他与父亲早已是会计师公会的同人了。那段时期，父亲的主要往来友人还是以他解放前政府机关里工作的那批旧同事居多。其中一个我知道叫缪云洲，后任教于青岛大学。而另一个叫陆国樑的，解放后从事何种职业，我真还完全没有印象。我只知道他家住在建国西路的一幢小花园洋房里。我喜欢父亲带我上他家去。原因是陆伯伯也很喜欢我，每次见到我，都会把我抱起来，转上几个圈再将我放下，说，这不？又长高了，也变重了。陆伯伯快要抱不动你啦。二是他家有花园，能捉知了，还能在草地上捕蜻蜓。—— 城市里的孩子一旦见到有绿色的空旷地往往会变得格外地兴奋起来。

　　缪伯伯不仅在父亲留沪的那段时期里有往来，就是后来父亲去了香港，只要一有出差或来上海办事的机会，他总不忘来看望一下他称作为"嫂子与世侄"的母亲和我。彼之人生故事的连续情节我道不上来，但其间的跌宕起伏肯定不会少。因为他说，他几次都站在了悬边崖端，望着波涛滚滚的渤海湾，思想激烈地斗争着说，要不要就这么一跳了之了？母亲听了十分紧张也很担心，焦急地问道：

"那后来呢？"

"后来当然是没跳啦，跳了，今天还能来见你们？"

"这倒也是……"母亲不好意思地笑了。

缪伯伯说，他之所以没寻短见的原因是因为还有一大家子人要他养，而最重要的是，他说，他还有一位八十几多的高堂要他来侍奉啊。他们那一辈那一个时代的人的孝亲情结都很重，他说：

"知道我死了，她会痛心欲绝，肝肠寸断的！我再苦，也不能在母亲面前有所表露啊，更不要说是让白头人送黑头人了 —— 这种大逆不孝之事能干得？我就是日后真还得走那条路，那也要先送走了她老人家后再说 —— 嫂子，侬讲啊是？"

母亲神色紧张地点了点头。她哪里说得上"啊是"还是"啊不是"呢，反正她说：

"再怎么苦再怎么难，缪先生，这条路还是万万走不得的啊。"

"咳，圣清兄好啊，圣清兄运气好。能出去，圣清兄，他得救啦 ——"

其实缪伯伯的这句话，从他一进我家的门，到我们送他出家门口，他不知要说上多少回。说时摇头晃脑，一副感慨万千的模样。他说，他与"圣清兄"同事的日子，无论是在赣州，还是在沙坪坝都还历历在目，恍如就是昨天的事。

"那时我与他的官职也相当，他管业务，我管人事。哎，对了，"他忆及往事的脸上忽然就露出了一丝笑容来，"你俩当年在重庆资委会礼堂的婚礼，还是我当的伴郎呢。——侬啊还记得，阿嫂？"

母亲点了点头。

"当时像我们那些无家无室打光棍的，都羡慕圣清，说，他居然还从上海娶了这么个漂亮的娘子来……咳，还是圣清兄运气好哇，能出去，他得救啦……"

他说说又绕回到那句话上去了，于是又来了个愁容满面的样子。这些都是发生在一九六二至一九六四年间的事，再后来，十多二十多年了，他再没来过。一是他后来真蹦了崖了？二是我家也搬了，他兴许也无迹可寻了。反正，他给我的最后一个印象是：夕辉里，瘦瘦小小的一截老头儿，戴一顶鸭舌帽，已从溧阳路上哈尔滨路桥了，还不断地回过头来，向站在门口目送他离去的我和母亲挥手道别。

然而陆国檩伯伯的最后一面可要比缪伯伯的剧情化得多了。那天傍晚，我正吊在自家的那扇小铁门上悠转，自娱自乐，就见到从溧阳路"弹街石"的那端走来了一个戴大口罩的人。路上没什么行人，现在回想起来，如此场景的时间段安置应该是在一九五三至一九五四年间。后来，看了点历史书，才作出了如下推断：镇反与肃反运动虽已结束，但"三反五反"运动，那时，正进行得如火如荼 —— 那时代，带"反"字号的运动名堂特多，一个接一个，前一个记忆的被冲淡往往是靠了后一波浪潮更猛烈地席卷而至。

我的第一个感觉是那戴口罩的人的行动有点儿古怪。第二是样貌也有点儿眼熟，尤其那颗圆光光的秃顶脑袋。我停下了悠转，望定了他。就见他径直往我家走了过来。连问都不问一声，他就从那扇开启着的小铁门中走了进来，踏上两级台阶，他熟门熟路地推开了虚掩着的客堂间的大门。

"陆伯伯！"我终于把他给认了出来。

但他摆摆手，示意我安静。完全没有要蹲下身来，抱我转一圈的意思 —— 就像他以前那样。半躺在壁炉一边藤摇椅中的父亲见到他，就"腾"地站起了身来。而他，这才将口罩摘了下来。

"我是来向你告别的，圣清兄。"

父亲用惊惶的目光望着他。这是我在我这一生中，第一次，也是唯一一次见到过父亲有流露出过这种眼神来的时候。一段静默，慢慢地，它们垂了下来。父亲轻声道：

"何必呢？国樑兄……"

"没路可走了，就此一条。"

父亲望着他，无言。能说什么呢？父亲从口袋里掏出了五块钱来（必须注明：当年的五块与今日的，在币值概念上完全是两码事）塞在了他手中：

"算是一点心意吧。"

"不了，圣清兄。钱对我如今还有用吗？—— 我只是来向你言别的。"他苦笑道。但他还是拿了，顺手塞进了他外衣的上口袋中去。

大概就是这么些动作与对话。他说，他要走了，待久了不好。还说，他还是往后门走，这样安妥点。他经过楼梯口时，正逢母亲从楼上下来，见是陆伯伯，忙说：

"陆先生，要走啊？ 怎么也不多坐会儿？"

正在将口罩重新戴上去的陆伯伯只是向母亲说了声："嫂子，珍重！"便头也不回地朝后门口走去了。母亲莫名其妙，正打算追上去，就被接踵而至的父亲用目光给制止住了。唯我还是跟了出来。我站在了77号的后门口，望着陆伯伯的背影从"兰葳里"一街的弄口走出去，拐了个弯，便告消失。就那么个拐弯的背影，在我的记忆里一直保留到我六十七岁的今天。因为从此之后，真的，就再也没见到过陆伯伯的那颗光秃秃的脑袋。

其实，应该说还是有下文的。一天还是两天后的晚报报页的中缝间登有一条"认尸启事"。说是，黄浦江面上发现一具无名男尸，五十上下，中等身材，秃顶。经有关部门打捞上岸后，找不到任何可供证明身份的文件，仅在其上衣口袋里发现一张五元面值的纸钞，云云。当然，当年的我还没识字，再说，我也没见到过这张报纸。这是我成年之后，有一次在同母亲的闲谈中，不知何故，说到了父亲还有这么个叫作"陆国樑"的同事兼好友时，母亲才告诉我听的。

承上母亲所述，我便启下了另一段似有似无，印象已十分模糊了的联想细节。那天晚上，好像是父母两个面对面地坐在了壁炉架前。静默，一段长长的静默。半晌，父亲才说道：

"想不到哇，国樑竟是这么个结局……"

他摘下眼镜，掏出手绢来，在眼窝深处按了按，吸干了那几滴正准备溢出眼眶来的泪珠。

东上海的前世今生

二十四

　　父亲的友人群落中，除了一个喜剧的顾伯伯和一个悲剧的陆伯伯外，还有不少其他几个：陈和武、金德禾和苏祖南——你看，我不随便就能蹦出口几个人名来？前两位是他财大的同事，后边的那位则是他的会计师公会的同人。三人之中，数苏伯伯的运气最好。父亲抵港时，他已早在那儿有七八个年头了。他担任安子介任董事长的"南方联合纺织集团"的总会计主任（即现在所称的FEO：财务总监）。后来，"南联"上市，在六十年代中后期的香港，这是件金融实业界的大事。股票日飙夜涨，之后竟被选成了恒生指数的成分股。其声势之大，有点儿像今日的"阿里巴巴"之于纽交所。

　　如此一来，苏伯伯本人当然也好，收入颇丰，不说，还住进了当年竣工刚不久，位于英皇道炮台山道口的那幢还簇新簇新的"五洲大厦"。"五洲大厦"楼高十五层，五六十年代的香港，除了中环金融中心区外，一般的也还是旧屋矮房唐楼居多。十五层高的公寓，已算是当年的 Skyscraper（摩天大厦）了。记得父亲去港后不久写回来的家书中，每每提及此事，不无羡意之流露。说是想想自己荒废了这么多年的黄金岁月，什么安徽，什么大字报，什么"养鸡取卵"之类，现在都已五十开外的人了，还得来个"雄关漫道真如铁，而今迈步从头越"。当然，这两句"毛诗"是我说的戏话，父亲只读唐诗，不读毛诗。

然而，世事无常，而人生，更无常。苏伯伯他没能活过五十五岁。他得的是肺癌，没两个月，说走就走了。那天，父亲作为好友，去"香港殡仪馆"扶了灵。回住所后写给母亲的信中，充满了抑郁悲慨的消极情绪。大意是说，祖南兄走的是这条路，国樑兄走的是那条，但还是殊途同归啊。我们这代人中，走的已有不少个了，今后总有一天，会轮到你我……父亲没学佛。学了，他会知道人住世之长短本无所谓，再长再短都属一瞬间，就如是0.1秒、0.11秒与0.12秒间的差别。问题在于命终后的去向，这才是件无世劫以来的大事，根本事。这种此岸彼岸的课题，他在信中自然不会有所触及。

再说说他的另外两个好友。两个中间再精选一个。陈和武伯伯。

我选陈伯伯理由一是他幽默，爱用他那种特有的"冷面滑稽"式的口吻与方式说笑话，他还平易近人。他说的笑话，非但父亲听了会发笑，就连站在一旁的我，也能会意一二。然后强作大笑。他见了，就会蹲下身来，搂着我，说：

"你也笑 —— 说，你笑什么？"

而我，其实也说不上来究竟笑点什么。

二是他家也住东区。住在峨眉路街道的一条弄堂里。那里是父亲所有朋友中很少会有人去住的地方。但他告诫父亲说：

"如今共产党来了，住西区的高楼大厦目标太大，会有风险。共产党勿是喜欢穷人吗？阿拉就去跟穷人轧道，哑（躲）了伊拉里向，叫侬寻我勿到！"

又说：

"圣清兄啊，现在咃个时代，做人就要软调皮，千万千万硬不得啊。从前士大夫的那套作风现在行勿通啦。硬，就像牙齿，咬起东西来是过瘾的，刮啦刮啦响。牙齿硬，但牙齿是要落脱的啊，就是勿落脱，蛀了，也拔脱侬个！软，就像舌头，侬阿有啥辰光听到过有人舌头落脱个伐？——"

说得那老顽固的父亲也只得点头称是。反右那会儿，向党

虹口区嘉兴街道（约二十世纪六七十年代）

义正词严地提些政治意见，当然不会是他之所为。但插科打诨
说笑话，他还是忍不住。一九五七年的时候，票证还不流行，
但有些商品好像已经有限量供应的了，其中就可能包括了"布
票"这一种票据。据此，陈伯伯便与同事们开玩笑说，哪天，他
家的份额用完了，他就穿一套棉衣衫裤上讲台讲课去！这种在
今日里听来，带点儿"后现代主义"的黑色幽默，当时倒也逗
得大伙儿"哈哈哈"地乐开了。还有一次在我家里，应说是在
五八、五九年间的事了，不知那会儿父亲是自安徽回沪省亲呢，
还是已经"解甲归田"了。反正，那时的皮沙发还在，只记得肥
胖的陈伯伯一屁股深陷在沙发之中，吸一口雪茄，腾云驾雾地
喷吐了出来。说，如今国家号召绿化，故，每个人的肚皮也先
得绿化绿化……我在一旁听得分明，因为事关"吃"这个话题，

小孩可能特别敏感。我在父亲还没来得及笑出声来前，就率先哈哈地大笑了起来。陈伯伯用雪茄指着我，还是那句话：

"你笑，笑什么？"

我说："你不是在说，现在吃勿到肉，还吃勿到鱼，都吃蔬菜吗？"

"嗨 ——！"陈伯伯一脸惊叹地转向了坐在他斜对面的我的父亲，"你这个孩子不简单，脑筋急转弯。能成其事，能成其事……"

但无论如何，他那句当众说的"着棉衣衫裤上讲台"的笑话，还是让他在"反右运动"结束之前，吃到了些"小搁头"。但毕竟，这只属于"怪话"之列，还扯不上"恶毒攻击"的纲线。再加上他的那套"舌头不会落脱"的圆滑的处世哲学（不知道住在峨眉路弄堂里，"混了"穷人堆里向，"让侬寻我勿着"的理论是否也起到了些作用？），最终，还是让他顺利地过了关，并无大碍。而且，他还比父亲早半年去到了香港。

而这，也算是为什么我会选陈和武伯伯的人生故事来作陈述的理由之三了：毕竟，我在香港与他以及他的一家子也陆陆续续有过十来年的相处。他早父亲半年到香港，还晚父亲三年离开了这个尘世。加上上海的这么些年，他在我记忆里的那片色彩占据面不能说小。

他到香港后，进了一家总代理"奥米茄"和"天梭表"的瑞士洋行当华经理兼会计主任。他英文好，尤其口语更棒。听父亲说，这因为他是老洋行出道的缘故。说来，他在香港收入不菲，社会地位也不差，去港岛的半山找它个一套半宅的好地段来住，应该是不成什么问题的。但他还是遵循了他的那套住在峨眉路弄堂里，"哑了伊拉里向"的理论，用他的全部积攒都投资在了湾仔老区的那几幢旧楼里。他在那地块买下了好几套破旧不堪的楼层来作租赁兼自住用。这些旧屋宇，除非哪天被谁个地产商盯上瞄准了，来个高价收购，否则可以说是永无出头之日的。好地段的房价都翻好几倍了，他那地块也就只浮了几多十个Percentage（百分比）而已。加上旧楼设施老化，水电煤，屋宇结构等等麻烦重重，退了休的陈伯伯天天月月就在忙那档子事 —— 这回，他也自认是"老居失癃"（即老练之人也有"马失前蹄"之时），唯为时已过晚矣。可见人的思路惯性有时是很顽固的，故其结局往往也会变得诡谲：从前当过你垫脚石的，现在很可能就成为了你前进道路上的那块怎么挪也挪不动的拦路石。倒是他的儿孙辈，来了个思路大翻新。将去世后陈伯伯留给他们的房产全盘兑现，聚资办了家叫作"蒸汽博士"的地毯清洁公司。巨型的灯光招牌做得湾仔、铜锣湾区到处可见，把以前"哑了里向个么事"来了个Inside-out（兜底翻）。所有这些，都是后来我在搭有轨电车，"当当当"地驶过湾仔区古朴街道时见到的情景。因电话仍是陈伯伯家的那只老电话号码，再说"博士行"的总部仍还设在他家从前的那层旧宅里，故作此推断。当然，如今陈伯伯陈伯母都已作古，加上港地生活节奏快，压力大，也就无暇再去与他家的后人作多交往了，只是想来，应该都还干得相当不错才对。

东上海的前世今生

这里先选两个人的故事来说一说。他们都曾在我家的亭子间里住过，少则几个礼拜，多则数月。一人是父面上的叔公辈，另一个则是我母亲的堂兄。

二十五

　　父亲友人的故事说到此暂告一段落。仍回到一九五二年的溧阳路687号的三楼，从三楼的梯级边开始往下走去。

　　我选择最后叙述二楼的原因是：在整幢687号之中，我对二楼的记忆细节最为生疏和朦胧。我从未在那里居住过；待我进入少年时代了，记忆的脉络开始变得清晰而敏感时，它却又转租给了别人。从而让我永久失去了再回那儿一瞥其旧貌的可能。我只记得，二楼的家具布局基本上都是那些从江阴乡下靠水运（亏得门前有了那条河浜）带上来的一大批用乡下审美观打造的老式红木家具，笨重而土气 —— 包括了祖母睡的那张大床。杂乱无序地塞满了一房间。这些"老古董"一直在那里待到父亲将二楼转租给了他人为止。这些"土产"，于是，都被清除去了寄售商店。唯那个时代人们的价值观和审美观与今日的完全不同，这些个晚清时期的"遗老遗少"们别说卖不出好价钱，就算人家肯收下来，也都算是给你面子的了。

　　当然，关于祖母过世在那层楼里的种种，前已作述。之后，它变成了大姨妈一家人的住所。而与其正房在同一平面上的那间亭子间，也曾轮流寄居过不少几个至亲辈友。从而为我这小小的头脑里输入了不少色彩丰富的人物和故事情节。悲喜交织，而又以悲剧居多。

　　以悲剧居多是因为这些个父母面上，沾点亲带点儿故的隔辈或同辈人都来自于乡下，见闻相对闭塞。一九四九至一九五一年期间，上海那时还很安宁，歌舞升平。但乡下地方已被搞得鸡飞狗走，一片狼藉了 —— 要知道，解放后的第一场政治运动不是"镇反"和"肃反"，而是"土改"。而父母亲这种出身的家族，"土改"哪有挨不着份的道理？而大家又都晓得说，上海有个世侄或世侄婿叫"俊宝"的，有幢三层楼的楼房住着，管他的，先去他那儿避避风头，再作计议。加上祖母又是个菩萨心肠，凡有人托她求她的，不管是她自个儿面上的，还是她媳妇方面的，她都一概代父亲包揽了下来。腾东挪西，让他们都能在687号暂且得以栖身。

中国人的这种逃难心理源自于一九四九年之前很长一段时期内。近百年来，中国社会动荡，战事频仍，军阀外族间为地盘的争夺战经常是烽火四起，老百姓吃尽了苦头。这种经历告诉他们一条真理，且代传一代，只要一有风吹草动，三十六计走为上计。殊不知，这回时势变了，彻底永远地变了。你走得了一时逃不过一世哪！于是，这些从一九四九至一九五一年间避难来到687号的人的后续命运便分为了两拨。第一拨，从此隐姓埋名，铁了心，在上海住下来；变成了"原籍模糊"的新上海人。这只有大姨妈一家是这样的。当然，后来的"文革"浪潮还是将你"一锅端"，来个"新账老账一起算"，那是后话了。

多数都属于另一类。住住，总还日牵夜念着他们乡下的那点田地、房产、瓶瓶罐罐。会不会是这样那样了，还是那样这样了？于是，长叹短吁，焦虑日增。父亲自然是个明白人，知道其中的利害关系。他说服他（她）们，说，田地房产乃身外之物，权应作放弃计。保命要紧，命保住了，还能见到明朝又有太阳升起来的一天。但，他那些个没见过世面的乡下亲戚，有几人能达到这层境界的呢？过不了几个月半年的，都相继告辞"俊宝"，说是先"潜回去"，探他一探虚实，不行，再出来也不迟。谁知这一"潜"，被那张险恶的蛛网一旦粘住，还脱得了身？故，有去无回的居多。

溧阳路687号二楼的室内阳台之景观

　　这里先选两个人的故事来说一说。他们都曾在我家的亭子间里住过，少则几个礼拜，多则数月。一人是父亲面上的叔公辈，另一个则是我母亲的堂兄。一个只读过几年私塾，另一个则在上海学堂里喝过洋墨水的，但他俩犯的竟是同一种错误。

　　叔公当年约莫五十上下。但看上去，已是一副准老人家的模样了。他着一件灰布棉长袍，整天蜷缩在那间八平方米的亭子间的一张藤圈椅中。说是说"逃难"，实际倒成了"坐监"。他没啥可作消遣的，整天捧着那几册随身带出来的线装版的古书，咿咿呀呀地唱读一番。时间应该是在一九五〇年年底至一九五一年年初，我三岁，常由华娘娘抱着或牵着小手，过去那里，给他请安。叫他一声"叔公好！叔公早"之类的。他一见我就很高兴 —— 毕竟我是属于他的第三代（他们乡下来的很讲究那一套）。随即站起身来，走到床横头，掏呀摸的。每次，他都能从他那只白皮的洋铁罐里，捣腾些零食出来，逗我高兴，引我笑。诸如米花糖、麻糕和盐青豆一类的乡下土特产。就这么一个和蔼可亲的老人。

母亲和大姨妈背地里唤他作"老地主"。需要说明的是：在那个时代，"地主"绝不是贬称，更不是什么"阶级敌人"的代名词。倒还含了点儿某类身份的定位意义于其中的，就像古人称"庄主"、"员外"那样。还有点像在今日里，假如你拥有了一层楼房出租，租客们不都称你作"业主"吗？一个道理。还要补充一点：在富庶的江南，所谓"家有良田万顷"的大财主很少很少，或者说根本就不存在。只有靠你平时勤俭成习，积积攒攒地买进了二三十亩耕田，兼一幢三进式的院宅，就已被列入了"地主"的行列，属打倒对象。其实，这种事情拿到今日的现实社会来打一比方，也是很易被想通的。你平日里精明理财，或夫妇两人胼手胝足，省吃俭用，供完一楼再下它多一层，指望老了能有个把两层楼宇出租收息，颐养天年，如此人生规划，何错有之？

叔公就是属于这么样一类的"地主"。而假如，你平日里又是个和颜悦色、谦和待人的业主的话，那你那位出租楼的常租客不也就变成了叔公家的那个所谓"长工"了？

"老地主"在687号的亭子间里熬了数个月，闷得实在发慌。便终于在有一日，找了条便船，决心要回故乡去了。那天，他是在我家门前的那条虹口港里上的船。据母亲后来告诉我说，临行时，他兴高采烈，满脸放光，整个人都似乎年轻了好几岁 —— 我想，这应该是与我去了香港那么些年后，第一次回到上海来的心情相若吧？ —— 但他的人生悲剧就在他踏上那条船的甲板的一刻起已经铸成。

船还未到江阴界，就被人发现了踪迹。船还没靠岸呢，就有农会的人跳上船来，将他押走 —— 像是怕他会一头栽入水中，再潜泳回去上海似的。他没啥劣迹，更无血案。唯一的罪名是：霸占农女为小妾。

事实的经过应该是这样的：他的原配去世了，他续弦了一个小他近三十岁的，佃农家的女儿来行夫妻之实外，还兼照顾他老来的生活。这事说说，我又要拿今天的中国社会现状来打比方了。总觉得，只有如此，才能叫生活在今时今日的读者们更易悟出点道道来。花季少女嫁老头，如今社会就没有？还不少呢。五六十岁的老男人，只要你是死了老伴的（当然，离了婚的也行），又有一层楼住着，兼多一层出租在外，另加存款若干者，还不成了"香饽饽"？哪个山寨姑娘不闻风而动，野蜂群似的"嗡嗡"飞扑过来？当小保姆也好，做性旅伴也行，当然最好是明媒正娶当老婆啦。为了点啥？不就追求个比山沟沟里更优佳更有点儿保障的物质生活条件吗？你能说她，还是他，有错？各取所长，互补所短。叫作老头没错，姑娘也没错。

这等价值观，非但现在如此，其实，一九四九年前，中国五千年以来的社会认同度从来也就是如此的。何来霸占民女一说呢？但在那个特定的时期，人们看画都是倒拎着来看的。叔公的事虽说还未达标，但也几近乎"罪大恶极"了。他被押回家一看，非但房产田地分了，老婆也被"分"了 —— 分配给了他从前的那个长工（他还未娶妻），现在的农会副主任当老婆。长工携其"小妾"住进了他以前住的正房间，而让他去睡猪圈，每晚与他长工以前饲养的那些老母猪们同眠。这事一说，我又得跑题。我想到了一个人：我们的老朋友杨振宁，杨大博士。以其八十二岁之老身，迎娶那位比他小四十八岁的翁小姐，那又该作何种伦理想象？一时还在电视网络上传为美谈。可见人，生不知时，死不晓辰，只要错位了一个时代，好好的一档子喜事，顷刻间便就有可能灰烬成为一幕悲剧。

说悲剧，老地主的悲剧，还未就此结束。

本来，房分了，田分了，老婆分了，猪圈也睡了。也可作罢了。偏那农会主任还觉得意犹未尽，非令老地主天天还要来服侍他们夫妻俩 —— 就如当年，他服侍老地主那般。天还未放亮，老地主就得俯首垂臂于他俩的房门前，听令传唤。待他们起身了，再入房倒屎尿罐什么的。晚上，他俩睡前，先要替他们送"面汤水"，倒"汰脚水"。完了，敲背捶腿，待他俩昏昏欲睡了，再挥挥手，打发他回猪圈睡去。这出"菊豆"的江南版，上演没一年，老地主终于在悲愤与劳累的煎熬中，吐血而亡。这些都是父亲后来听乡下出来的人说起的。父亲说给母亲听，母亲又转述给了我听。一九六二年年初，父亲出国前夕，他专程去乡下祭了一回祖。其他人的坟，他都找到了，唯他那位叔伯的，问遍无人知。乡人说，他哪还来什么坟呀？原配死了，子女又没，死后还有谁会来替他收殓？暴尸田间，兴许早给野狗啃了吧？父亲闻之戚戚然，也难怪我父亲了，你说，怀着这么一种记忆走出了这扇国门的人，还有几个再敢回来的？

东上海的前世今生

一个年轻的姑娘家，从未见识过杀人的场面，再说被杀之人又是她爹，受了点刺激，一时神经错乱，也属情理中事。但是，她立场坚定，爱憎分明，应该是位好同志。

二十六

"老地主"的人生结局算是悲剧了，但还悲不过我母亲那位堂兄的。而我对那人迷迷糊糊的记忆是在二十多年后倒叙回去的。时间已经到了上世纪七十年代初了。有一次，我与母亲一同上街。瓢泼大雨之中，我们走过武进路海宁路路口，母亲指着斜对面的那个街口说：

"喏，就是在那里！"她指的是她的堂兄马先生（此人之事动静较大，故隐其名有必要，理由前文已作说明），"也是在雨落头里，地个雨势之大啊，勿比现在个小！"

她说，她突然就看到五花大绑的"生哥"被两个乡下打扮、扛着长枪的农民押着，打对街走了过来。还是那身呢质的长衫，只不过眼镜打没了，一只脚上的鞋也掉了，整个人淋成了只落汤鸡。

母亲见到是他，便下意识地站住了，他也站住 —— 随即两膝一软，"扑通"一声，便跪倒在了上街沿上。堂兄妹两人，就

作者母亲，摄于二十世纪五十年代中期

这样，隔着朦胧的雨丝，从马路的两个对角，互相凝望了有数秒钟。母亲想，生哥这不是刚从我家离开吗？怎么一下子就变成这个模样了呢？至于生哥在想什么，母亲当然是不得而知的，但至少有一点，他一定是遭受了过度惊吓的缘故。下一刻之间，生哥随即被两名操家伙的押送者，左右各一，抄膀提胛地给拖离了。不一会儿便消失在了茫茫的雨帘之中。

经母亲这么一提起，不知是真实的呢，还纯粹是种幻觉。反正我在我自己的脑海中拼图出了这么一袭形象来 —— 怎么说，一九五〇年那会儿，他都曾在我家亭子间待过十来天的工夫。白净的皮肤，很斯文。架一细框金丝镜，话语轻柔。

马生是我外祖父的侄子。在上世纪三十年代的上海接受完大学教育后，仍回到他自幼长大的古镇上去兴教办学。所谓人各有志，他深浓的家情乡结，在当年受过高等教育的人群中虽属少数，但也无可厚非。或作深一层想，这也算是另类君子之所为也未尝不可？他依仗了自己的学历与能力，再加上父叔辈在当地势力的庇荫，很快便成为了一方人物，变成了一个颇有些影响力的地方乡绅。他创办了中小学各一所，又位居县议院的参事（相当于今日里的人大或政协代表？），殊不知，他的那场上世纪五十年代之初的惨祸的祸根也就是在那时候埋下的。

马先生终身未娶，却领养了一个女儿，取名"菊儿"，视若掌上明珠。女儿四十年代末期被送去昆山念幼稚师范，并在那里加入了由中共领导的外围组织。一九四八年年底，渡江战役打响前夕，南京政府已岌岌可危。养女奉组织之令，潜回乡间，策划其父起义 —— 毕竟在当地，他还是位有点儿名望的人士，以政权还未取得前的划分来定位，我想，马公应归属于"统战对象"之列才对。唯其父答曰：他一介书生，只知办学，不问政治。反正谁来都一样，书总是要读的。没多久，古镇解放。农会、军管会一成立，第一批"土豪劣绅"的黑名单中，马公的大名赫然在列。他一风闻，急忙逃来上海，想借堂妹堂妹夫处一避风头。他认为，过了这风头火势的，再回去把事情说清楚，这不就结了？这便是他为什么会来687号亭子间里住上那么些天的缘故。过了十多天，他想，事情差不多也该平息了吧？于是便打算买张车票回去。谁知人还未到北火车站呢，半途上已被前来上海捉拿他的民兵撞了个正着。于是，便有了堂妹与他在雨中隔街相望的那一幕了。

马某的公审会很快就开完，结论也当堂宣布：枪毙。那时的军管会欲办之事很多，头绪也乱。反正快断快决，这是那会儿人们的办事作风：马某之后还有一大串名单，等着要送他们上黄泉路呢。马某遭处决的前一晚，他的养女被叫到了有关机构作了次谈话。谈话的主要精神是问她与党和人民一条心呢，还是与她那反动的老子？她当然说是与党和人民。那好，那就看你明天的表现啦。

她明天的表现很好，好得都有点出人意表了。她带在头里，高呼口号，一路上还不停地拾起了田埂垄道上的泥巴沙土牛粪稻梗之类的往她那反动老子的头上脸上扔，嘴里塞。弄得她父亲跪下受刑时，人已不成了个人样。但奇事发生了，就当子弹洞穿她父亲脑壳的那一瞬间，刚才还好端端的，还慷慨激昂呼口号的她突然就疯了。她没了命似的扑上前去，说非要将她爹千刀万剐了才解恨！力气之大，好几个大男人都按她不住。她眼中放射出绿莹莹的凶光来，恍如变了个人。边上的人见了，谁都不寒而栗。众人见状有异，遂将她抬去乡公所，暂作安处。

那边厢，可怜的马生，被处决之后，弃尸于田边，都好几日了，也无人敢前往收埋。后来，还是他的一个疏堂表妹，在一个寒雨霏霏的深夜，趁着四下里无人见到，斗了个胆儿去将尸首收殓入了土。其实，此举也算是让乡人们都松下了口气来。因为乡间有一传说：说是久暴之怨尸会变厉鬼加害于活人的。即使是镇压的执行者们，口中不说，心中也不免有些发毛。故睁一只眼闭一只眼的，管他是谁干的，反正那东西给处理了就好。至于后来母亲听说此事之原委，还是当年那位曾将马尸掩埋，被母亲唤作"小娘"的远房表亲过来上海时告诉她的。她说：

"作孽啊，生哥真是作孽！满嘴巴满鼻孔满耳洞的泥沙牛屎，全是伊家个菊儿塞的啊！……"

但菊儿自个儿并也没能吃到什么好果子。当时她是疯了，人们只以为这是突发惊吓所致。一个年轻的姑娘家，从未见识过杀人的场面，再说被杀之人又是她爹，受了点刺激，一时神经错乱，也属情理中事。但是，她立场坚定，爱憎分明，应该是位好同志。组织上因而照顾她，让她别干什么事了，休息多几天或者就能恢复。殊不知，她这一疯，便一路疯了下去。她先被送进了县里的医院，后来又转送到上海市精神病院。但，罔石无效，母亲说，她那侄女从此就再没迈出过医院门一步。再后来，她便死了，死于"文革"之中。她也是终身未嫁，没有子嗣。咳，母亲叹了口气说道，这爷儿俩是同一种命哪！

然而，我倒真有些替她感到惋惜了 —— 至少在某一点上。她死早了几年，活到今天，别说今天，就算能活过党的十一届三中全会召开，她便能享受到离休干部的待遇。这点是有明文规定的，但她没那福分。

还有就是当年马公办的那所中学。现在倒成了当地的名校。人才辈出不说，还誉满海内外了。按理说，学校是应该将其创办人塑一尊铜像（哪怕是半身的也好），就如同蔡元培先生之于北大燕园那般，站立在校园的草坪上，供人瞻仰，让人缅怀一通才对。而这，也是许多海外学子学成归来后的共同愿望。但这，恰恰又成了当地政府的纠结点了。塑吧，此人如此下场，起了个头，一旦被追寻下去，如何圆答？不塑吧，如今上头强调要尊重历史了，再说，拥有一所历史悠久的名校，也算是古镇上的一道风景线。塑与不塑，徘徊于两难间。再等多二十年吧，二十年后自有结论。

二十七

要说有折磨，主要是精神上的折磨大些，在这漫长的十年黑夜里，大姨夫的"认罪书"与"交代坦白"材料可说没少写。照他自己的话来讲，都够一本《三侠五义》小说书的篇幅了。

　　说完两桩惨事，回转头，再说桩有趣点的。

　　我母亲就两姐妹：大姨妈和她。她俩其实还有个弟弟的，假如后来活着，我便有个舅舅了。但她俩的弟弟在上海刚念完大学，就染上了肺结核。该病在"雷米风"和"链霉素"面世之前，就如今日的癌症和艾滋病那样，是绝症。出路只有两条：一是边吃中药、补药、增进营养，边躺在床上，减少消耗，静养。看看身体的抵抗力能否最终战胜结核菌，自行痊愈。另一条只能是日耗而亡。故这一病，当时的英文名直呼其作 Consumption，而坊间则雅称之为"富贵病"。我母亲的弟弟，即我的舅舅，走的是那后一条路。他之所以会这么快就走完这生命之程的，说来与乡人的无知也不无关系。父母见儿子病成这样，就张罗着说是替他讨房媳妇来"冲冲喜"。殊不知，此病患者的另一生理（也算是病理）特征便是"性亢奋"。如此一来，干柴遇烈火，本可烧三天的，烧不上一两个晚上，不就油干灯灭了？ 真叫是害了自家的孩子不说，还害了别人家的闺女，让她一世就守了个空寡房。此举唯一的收获是替马家后续了个香火：他生有一子一女。后来，子女以及子女的子女们都已开花结果。如今，国内的国内，国外的国外，都已苞蕾花果满枝头。也算是可以告慰我的那位从未见过面的舅舅的在天之灵了。

此端按下不表。再说回我的母亲和大姨妈。自从丧弟后，姐妹俩的关系变得更加亲密。此刻，姐姐在乡下有难，上海的妹妹哪有不助之理？ 于是，大姨妈一家便扶老携幼，住进687号，就如回到了自个儿的家中一样。及此，有一点需加说明：嘉定和上海市区，依今日的眼光来衡量，可谓是近在咫尺。但在一九四九、一九五〇那个年代，因交通、信息等诸多闭塞，除非"罪大恶极"如马公者，须靠正规渠道沟通协办外，一般来说，人只要往大上海版图中那么一钻，就好像今日里的贪官逃往纽约、悉尼那般，从此人间蒸发，阴阳两隔。上海乡下两不管，久而久之也就没了那回事。

我在前文已作述，大姨妈一家住二楼正房，而我那因青光眼疾而盲了双目的外祖母则夜宿于客堂间后的那间"小房间"里。如此阵势一直维持到五十年代末，二楼转租出去为止。下一回住房大调整的来到于一九六六年抄家之后。大姨妈一家搬出了687号，搬到邻弄"常乐里"住去了，我与母亲则搬来底层，腾出了三楼全层，拱手让人。

这之前，大姨妈一家在上海的生活还算顺风顺水。说是顺风顺水，其间，尤其是初期，也并不是没有过担惊受怕日子的。尤其是那一次，当母亲自大雨之中的武进路惊慌失措地折返，将所见之经过那么简要一说后。大姨妈便整天阴云愁雾，疑神疑鬼到了几乎有点儿魂不守舍的地步了，这也难怪她。她自己不也就是这么逃离乡间的？ 一九四九年隆冬的一个月黑风高夜，大姨妈只身带着她的大儿子（即我的大表哥），从荒芜了的田埂上，高一脚低一脚地直奔三里地外的安亭火车站而去。在那里，他们要等到午夜十二点，才有一趟从陆家浜方向开来的慢车，途经这里，前往上海北站。在这方只有一盏暗淡路灯可供照明的小小月台上，空无一人，尖刀一般呼啸而过的西北风中，母子两人冻得瑟瑟发抖。这些都是后来大表哥形容给我听的，说他那时刚满十岁，还能朦胧地记起点事来，因而也感受到了那种恐怖气氛的围困。在他小孩穿的臃肿棉衣的衣缝里，大姨妈给缝上了十多条沉甸甸的"小黄鱼"（一两重的小金条），说是带到上海，万一开销不够时，还能补贴着用。他见到母亲在等车的当儿，老回头朝田埂那个方向张望。她是生怕万一有提着马灯，扛着锄头钉耙的农会人员赶来，一切不就完了？大表哥如此说，如果当时他们也被抓回去的话，即使成不了马公第二，结局也好不到哪儿去。但没有。没有马灯，没有锄头钉耙，也没有农会的人。有的只是后来终于"轰隆隆"地驶进了车站里来的那只巨大的蒸汽轮火车头。

这些可怕的童年记忆细节后来还不断地作祟着大表哥——一个年仅十岁的孩子，经历了如此一场生死大逃亡，也难为他了。他终于在他十五岁的那年精神崩溃，胡言乱语，举止怪异。他被我父亲送进了当时的"公济医院"（即现在的"第一人民医院"），住了将近半年的院，才告康复回家。

之上我插入了的，是一段大表哥的经历情节，再回到故事的本体上来。

话说大姨妈母子俩当晚安抵上海。翌日凌晨时分，当她敲开了687号的大门时，大姨妈的那颗悬荡着的心才算稍事平定。但平定不了几个月，就又听说"马生"事件的后续进展，大姨妈的余悸遂又沉渣泛起。那时后弄堂里有口井，大姨妈老将我母亲拉到井边，吩咐道：

"老二（母亲小名），哪天乡下有人上来捉我了，他们前门进来，我就后门出去，往这里面一跳完事——"

但始终，乡下就从未曾有过来抓她的人。而那口井，虽说大姨妈没往里跳，倒真还累积了为数不少的一批冤魂。事关五六十年代，政治运动连绵，从"镇反"到"文革"，其中十多近二十年，涉及面几乎涵盖到了社会的各个阶层：今天整人的明天很可能轮到自己被人整。但我说的那些跳井轻生者多数还是集中在五十年代的中后期。因为，还没等到"文革"爆发，这口井就已被填上了。这是因为弄内以讹传讹，都说井里闹鬼。当年派出所居委会还专门派了户籍警和治保主任前来召开居民大会，破除迷信兼追查谣言的出处。话是这么说，但搞居委会工作的人也都不是个个英雄虎胆，否则，井怎么就会被填了呢？井填了，一了百了了。奇怪的是：大姨妈一家就是从填井的那年起开始转运。

姨妈家转运的基础条件，不单单是说乡下没人来找麻烦就算完事了。缘起还得追溯到解放初期，当局要求所有的上海市居民（无论是常住还是临时户口）都得自报家门，填一份"家庭出身及现况"普查表。当年新政权刚成立，上海那城市，鱼龙混杂，如何着手清理？先填表摸个底。明知其中误差很大，但留待日后慢慢梳理也不迟。这不失为一妥全之策。而大姨妈家的自报家庭出身为"城市贫民"。这是一个信息庞大而又边缘模糊的阶层概念之统称，表示：一家之主的谋生能力薄弱，职业常态不稳定，收入也相对微薄，属于那种吃了上顿愁下顿的社会群落。

这事说来，应该也是我父亲出的主意。因为在当时，他才是687号实际上的一家之主。再说文化程度与智商水平也属他最高，家里什么人有什么事，都要找"圣清兄"或曰"俊宝"再曰"俊阿大"来过目点头而后定。后来，再由我父亲介绍兼作保，举荐大姨妈的先生（即我的大姨夫）去了一家由我父亲的表弟，我唤之为"芳叔叔"者开的南北货商店里去当店员，以期能获取一份正职，从而也可以将生活稳定下来。

一九五六年，南货店公私合营，它因而有了个上级单位，唤名曰：虹口区果品公司。姨夫从此变成了国家的正式职工不说，还成了响当当的"工人阶级"队伍中的一分子。他工作认真，又靠拢组织，待人接物古道热肠。他很快便得到了领导的信任，上岗成为了"果品公司"的工会主席。丈夫当官（官大官小，别管它。怎么来说，大小也是个"官"），老婆在弄堂里也告走红，担任了负责清洁卫生工作方面"环保委员"一类的居委会干部。事情发展到这一步，想不到倒让我父亲 getting irritated（"感冒"起来了）。他说他生平最不喜欢与当局鹰犬式的人物打交道了。现在倒好，干部都住到家里来了。当我还是个孩子的时候，那时，我们一家三口住三楼。晚上睡觉前，有好几次，我都听到父亲向母亲抱怨说：

"想勿到啊，真是想勿到！当年做了个东郭先生，今天倒还请进了个专门来监视我的里弄干部 —— 叫人浑身不自在！"

但母亲安慰他道："大姐怎么会来监视你呢？不会的。"

倒真是不会。不会是因为还没到一年呢，父亲就被发配去了安徽。再两年后回家，在家待不足三年又去了香港。假如真有谁想要来"监视"他的话，也缺乏一个完整的时间跨度。而父亲去港后就再没回来过，待到他与大姨妈再见面时，那已是在九泉之下了。

再说回大姨妈一家人。顺水趟舟的日子从一九五六年一直过到一九六六年，行了足足十年的好运。十年之中，大姨妈的两个孩子都已"出道"。大表哥于一九五八年保送进了位于西安的第四军医大学学医。二表哥则于一九六〇年参军，在军中也很受器重，居然列席了军委各兵种的技术交流大会。当然，年纪轻轻的他，是不可能委以重任的，只是当个书记员，发稿校核之类的小角色罢了。但那已很不简单了，明摆着是个重点培养的"尖子"。如不是后来家中出了那些事，今日的他的前程或不可估量，是绝不会下于"垃圾筒老虎"那一级别的。他与当年的将军元帅级人物，什么叶剑英，什么刘亚楼，什么许光达，什么张爱萍等人都有过集体合影照。照片往家中一挂，蓬荜生辉，姨夫姨妈则更见容光焕发了。两儿子能有如此政治前途，一是与他家的"红五类"出身有关（六十年代初期，国内的阶级成分论已开始呼声日隆）。二是两位表哥读书都很聪明，学习成绩也名列前茅。双双毕业于当年（现在也是）的市重点，位于中州路的师大一附中。那几年，是687号，这座从来低调的宅院，最闹猛的岁月：每逢有人参军，就有大红喜报和"光荣军属"的横匾竖联"咚咚锵"地送上门来。这些日子的大姨妈家可算是锦上添花，花上更添绣球了。

好梦惊醒于一九六六年九月十四号。这一回，伴随着"咚咚锵"的敲锣打鼓声而来的不是大红喜报而是抄家队伍。这才发现说：原来梦里又中状元又当"驸马"的那一切的一切都是虚空的，是"梦幻泡影"，是黄粱一梦哪！睁眼醒来，发现：不仍留在了黑夜里？大姨夫大姨妈再次被打回原形，成了"逃亡地主（婆）"。

实在说，我家本来是完全可以逃过抄家这一劫的。父亲的事，在当局看来，虽属"嫌疑重大"，但他人已去了香港，与以前的工作单位早已脱钩。母亲虽有单位（她于一九六五年退休），但母亲为人低调，群众领导关系都好，故绝不会有人来难为这位已退了休的老教师的。但天有不测之风云，溧阳路687号，自建屋以来遭受到的三次抄家浩劫，两回来自于"虹口区果品公司造反队"，最后那回竟是我，这么个中学生的同级同班的同学们所干的。

大姨妈，于是，又从青云端跌入了深渊底。好在后弄堂里的那口井早已被填了。还有，也是最重要的一点：此回抄家运动虽然来势汹汹，但涉及面广，后弄堂里的住客不算，单我们前排屋的老住户，几乎"门门中彩"。如此一场群众运动，在其中受点儿冲击，还不至于太"什么"了。如此社会现实多少也给大姨妈一家带来了些许心理安慰 —— 怎么说，在这十六年偷龙转凤的岁月里，也还都有过门楣增光的日子么，也该知足了。再说了，"文革"的疾风骤雨，再霹雳惊电，毕竟还是不能与"土改"那会儿相比拟的。时代进化了十七年，"马公"一类的事件绝无可能重演。而毛主席的"要文斗不要武斗"，还有那位"旗手"的，关于"先文攻而后才能武卫"的指示，怎么说，也还是有过一段"深入人心"之时的。要说有折磨，主要是精神上的折磨大些，在这漫长的十年黑夜里，大姨夫的"认罪书"与"交代坦白"材料可说没少写。照他自己的话来讲，都够一本《三侠五义》小说书的篇幅了。

其实，大姨妈家的"死火山"重新爆发，真正苦，是苦了两拨人。一个是我母亲，无缘无故地受牵累，挨批斗，戴高帽子"游街"（准确地说，应该是"游弄"），以及后来的住房遭紧缩均源于此。二是我那两位表哥。由于阶级成分"真相大白"之故，命运轨迹也随着急转直下。部队肯定是待不住了，而复原后的岗位安排也都草草了事。那些年老强调"又红又专"，当年或者是"太红"了的缘故，没想到再去"专"它一把。大学没读成，改革开放的年代却已接踵而至，大学教育开始逐年普及，如此一张高中毕业文凭，就算是名校，又有何作为？于是，退休的退休，变相下岗的变相下岗，他们就像他们那个年龄段的所有人群一样，物质生活都还过得去，精神出路则不是上麻将台，就是混进广场大妈大叔的行列里，随乐起舞，扭肢摆腰，自寻乐趣。如今，一头灰发（当然也可以将它染黑了，看上去会更年轻些的），还能等些什么呢？不就等那一天的到来了？大姨妈后来活到八十岁才去世。大姨夫更长寿，活了九十。"三侠五义"停写后，他便天天去公园练"太极真功"，此招可能对他的增寿有所贡献。然而，按照佛学的理论来解释，这十年的业障消除下来，再什么样遮蔽了的福报（寿数也属福报之一种），也总会有现前的一天。

东上海的前世今生

右手边是「音乐谷」「1933老场坊」和九龙宾馆，岸边簇新簇新的大理石道上，有人正背靠着河堤吹萨克管，曲调沙哑而忧伤。

二十八

　　大姨妈一家的故事讲完了 —— 难道你不觉得这整件事都带点儿荒唐的幽默感吗？但，你还别说，这便是我们这一代和我们上一代人的真实的人生故事 —— 在某类哲学辞典里，荒唐的定义其实就叫幽默，and vice versa（反之亦然）。

　　在我叙述到大姨妈家故事的后半截时，其实，我已不知不觉地从687号的门口里走了出来 —— 不是吗？我说，大姨妈一家已搬到"常乐里"住去了。还有，大小表兄后来都各自成家立室，也都先后搬离了嘉兴街道，甚至搬到虹口区版图以外的地方去了。我想，此刻的我，站立的方位，应该不是在687号前门的溧阳路上，就是在其后门"兰葳里"77号后弄的主干道上。这样的空间布局，才算合理。在我结束这部小说前，无论如何，这两处地方，我其实都还是打算要去再逛多一回的。所谓有始有终么，它们是687号之所以能在我的想象之中（无论是人文、历史还是景物）存在的背景依托。它们就像是时空里的纵横双轴，没有了它们，687号以及在687号里所发生的种种故事便会立即失去了定位与聚焦的坐标。

既然都要去，那，先去哪儿呢？我想了想，决定先去溧阳路。还有年代，我也不能老是那个四岁的小男孩啊，我得从一九五二年的时光隧道里潜回二〇一四年来才行。因为，在整个叙述过程中，始终有一个声音在清醒而又感慨地提示我说：今年你已六十七岁了！虽然背不驼腰不弯。但你已六十七岁了；虽然没有半身不遂也无老年痴呆症，但你已六十七岁了；虽然动作还算麻利，腿脚也还轻便，但你已六十七岁了。你的想象力，再怎么折腾，都无法更改这一年龄的定式，老年的阴影，正 looming large over you（向你"掩杀而至"）。于是，我反而安下了神来，也"死心塌地"了，我又变回了现实之中的我了。此刻的我，正将身体斜靠在"虹口港"用大理石砌成的河堤壁上，再一次地打量着687号，那幢我童年的旧居。它就是我这些天来，用上百页的笔墨描写的"家"么？时光的一切秘密都隐藏于其中吗？此刻的它，虽不能用"残破不堪"这四个字来形容，怎么说，当局也算是花了点本钱与心思来将它梳妆打扮过一番的。但于我，就是感觉陌生，且不伦不类到了有点儿驴唇对不上马嘴的地步。不，它绝不是我的那个真正意义上的一九五二年的家！

当我痴痴地望着它时，它也正讷讷地回望着我，想，你这么个老家伙，周围溜达，东张西望的，意欲何为？潜屋行窃不成？当然，以我今天的模样，亦非有此能耐 —— 显然，它也

认不出我来了。对于那个六十多年前曾在它的怀中温馨而又依
恋生活过的小男孩的记忆早已被这个风起云涌的时代里的事件
复叠事件浑搅得沉淀到它的最底层去了，一如那柄"勃朗宁"在
河的淤泥深处埋藏着那般，它又如何能记起我来？唐诗有云：
"儿童相见不相识，笑问客从何处来？"那种感觉，岂止惆怅，
简直就是沮丧啊！

　　LED明亮的路灯刚开放，叶影摇曳。我让自己的目光再
一次地沿着溧阳路朝其左右两边展开去：右手边是"音乐谷"、
"1933老场坊"和九龙宾馆，岸边簇新簇新的大理石道上，有人
正背靠着河堤吹萨克管，曲调沙哑而忧伤。左手边是哈尔滨路
桥，"半岛湾中心"，再过去是"虹苑小区"的几幢乳白色的高层，
亮灯的窗口在婆娑的叶影间闪闪烁烁 —— 东上海与二十一世纪
在这里相遇。而这番情景，我在文篇的开头已多次述及。我将
身体转向河的对岸，越过水面，我望到了九龙路。当年学习定

滑轮动滑轮工作原理的粪码头早已不复存在，代之而起的是一排香樟和榆树，蜿蜒河岸而行。香樟树的背后 —— 对了 —— 我还欠读者一段故事呢。这是有关于我的母校，虹口中学的。

如今的虹中已恢复了记忆中的它在上世纪五六十年代的面貌。八十年代中，在全国一片"创收"的呼喊声中，沿校园四周潜建起来的粗糙而又土气的楼群已清拆一空。把所有的空旷之地又都还给了那幢四层高的老建筑。它，便是我们"虹中"的教育主楼。青少年时代，我的那段人生滋味初尝的险恶经历也就是发生在了那里。

从我今日的六十七岁的眼光望过去，我蓦然发现：那幢此刻正兀自矗立于暮色中的钢骨水泥建筑浑然成一"天鹅抱卵"状。在风水堪舆学上，这是个无比上乘的吉相，假如再度将之选作为某个教育机构所在地的话，从那里走出来的学子，非出大才、将才、帅才不可，从而也能让他们的母校名扬四海。但可惜，不是这样的。这幢四层高的近代优秀建筑已被上海市第一人民医院收购，成为了它住院部的 B 楼。专为高干和高消费人群而设立的"特需病房"。楼前，鹤式、塔式起重机林立，机械声日夜轰鸣，想必是在缔造有关的园林和其他辅助设施的配套工程？只是将来大干部们和大富长者们住进去治病也好，疗养也罢，最多也就是治好了毛病，养壮了身体，欢欢喜喜地回家去而已，与"天鹅抱卵"就扯不上任何关系了。永远就是这点短缺：硬件终会找到解决的方法的，唯软件的理解与开发，就必须靠学识与智慧。

然而于我，那座环形大厦里埋藏着的却是我的一段可怕的记忆。事情发生在一九六八年的那个盛暑，它差点儿就成了我从虹中的校门直接走向地狱的通道口。

一九六八年七月二十三日。像往常一样，没有一丝儿凉风的清晨预示着：这将又是个闷热难熬的暑日。上午八时许，我打开了客堂间通往小天井的门，一把折椅，一竖谱架，我跨门槛而坐，视谱练琴。我还记得我练的那首练习曲是"开塞"第十二课：连绵的十六分音符，老师要求我必须拉得音色柔和且音量平均，而我正努力在做到这一点。背后传来了脚步声。我想，一定是母亲替我送牛奶来了。每朝她都这么做。但这回有点异样，脚步声很杂乱，似乎不止一个人。我停下琴来，回头望去。那一刻，我终生不会忘，永远不会。距今，那个特定的日子以及早晨，光阴已流逝过去了四十六年零五个月，也就是：一万六千七百一十天。但它就像发生在昨天早上，发生在刚过去的那一刻前一样！它不知有多少次地轮回在我的梦境里，在香港，在台北，在纽约，在伦敦，在巴黎，在东京，在新加坡，当然还有在上海。而每一回，我都会从梦里冷汗淋漓地踢被惊醒过来。黑暗中，我会使劲地拧一下自己的胳膊，让自己感觉疼痛 —— 深深地疼痛！因为我必须要向自己确认：这是梦境不是现实！

我所见到的那一幕是母亲带在头里，她的脸色因焦急与愤怒涨得通红。在她身后紧跟着的是我同班同桌的那个姓都的同学。他的脸色煞白，白如一张平展在桌上，还未落墨的宣纸。他当时担任的职务是我班 —— 高三（六）班 —— 红卫兵排的排长。他的后面尾随着五六个头戴军帽的同学。当时，我的视线一片模糊，只是在事后的回忆中，我才记起了有一个叫"廖××"和另一个叫"张×"的同班生。读书的时代，我与他们相处得也都很好哇，这无冤无仇的，怎么说翻脸就翻脸了呢？一副不共戴天的架势，好像让什么邪灵给附了身那般。这个谜团，老实说，至今我都未能完全解开 —— 这样做干吗？值吗？

他们一见到我，便"呼啦"一下围了上来。拿出了一张自制的，类似于"逮捕证"一类的，由"虹口中学红卫兵司令部"签发的文件。宣布说，由此时此刻起，你已被正式"隔离审查"了。理由是我始终"坚持反动的立场与本性"，不思悔改。并立即对我家实施"抄家"。而我压根儿就没闹明他们在说些什么？什么"反动立场"，还"坚持"？这类言辞，平时在大字报上倒是读得不少，但就从没想到过有一天它们真会用到了我的头上来。于我，这么个十七八岁的青年，一个完全远离运动中心，逍遥在家的中学生，这又有何相干？但，就那么个时代，这是个谁对谁都可以"采取革命行动"，"专政"他一番；随便安个罪名，将他送进监狱，从而让他失去人身自由的时代。人们这么做，或者觉得很有趣，觉得见到自己的同类担惊受怕很有趣。辩驳？辩驳等于不辩驳；应该说，不辩驳比辩驳还更理智。这是到了后来，我才知道，那个时期大学里兴揪"反动学生"，而社会上则流行一股"抄反动日记"的潮流。北京的遇路克和林昭就是那个时代的殉葬品。三十年后他们被宣布平反，而且，赞美者们的文章与诗歌也一大筐一大摞的 —— 作者之中还不乏当年他俩的揭发者 —— 国人就这德性：该咒骂的时候咒骂，该赞美的时候赞美。他们的理由是：赞得对，骂得也没错，这是时代的要求，与他们本身的人格并无关联。是这样吗？ 或者他们说得也不无道理。而中国特色的平反又总是要等挨整之人都已死去好些年了，白骨已无法再从乱坟堆里爬出来接受平反通知书时，平反通知书便送达了 —— 国家领导人况且如此，更遑谈我们这些个蚁蝼般的小百姓了。

而我，那回之所以会被虹口中学的红卫兵团给点中了"将"的原因，就是处在了这么样一种社会背景的上下文中。

就这样，我被带走了。当乐谱还摊在谱架上，提琴还搁在折椅上，牛奶还在墨绿色的写字台上冒着热气的时候，我被带走了。关进了此刻正在河对岸翻新成为高干病房的那幢钢骨水泥教学楼四楼的某个教室中。这便是虹中有名的"四楼事件"。在此事件中，我竟然还"有幸"地充当了首位"入瓮"者。当我被带走时（必须在此作出说明，红卫兵团虽能出具"逮捕证"，但他们弄不到手铐。故，我还是自由自在地甩荡着双手去到学校四楼的），我只听得与我相依为命了十八年的母亲在我身后高声地喊道：

"弟弟，别怕！ 他们拿不了你怎么样的。我也会搬来学校与你同住的 ……"

这才是一句真正让泪水涌入了我眼眶中去的喊叫声。

后来，母亲真这么做了。她将铺盖搬到了四楼的走廊里来睡，连赶也赶不走。而事情的进展又远掉在了发起者们的预料之外。同学们从我家中抄去的所有文字材料中，就是再捕风捉影，也难找出半句他们想要的东西来。"拘捕报告"是一打再打了，但虹口区公检法说，就凭这些材料，他们无法将我收监。但那个姓都的同学解释道：

"我们可以断定，此人是一脑瓜的反动思想。你们先将他抓进来，一逼一吓一问，不全都抖出来了？而口说出来与笔写出来的，不同样可以入罪吗？"

但公检法的同志想了想，还是摇头，说：

"不行，这不符合规定（可见当时还是有某种'规定'的）。"

"难道你们就不愿帮我们红卫兵小将一把吗？"

"看来，帮不上——"

"……"

就这样，在龙天善神的护佑下，我摆脱了这张险恶的蜘蛛毒网。此事之惊险，是待我到了香港之后，才同父亲说起的。当时他正在盥洗间里洗刷，转过脸来，全口的假牙还来不及装上，他望着我，瘪着嘴巴笑了，说道：

"这与我反右运动的'遭遇篇'不成了上下阕文了？"

上述经历，我在我的各种小说和散文的文本中，屡次变了形地提及过。唯此回的叙述才属非虚构的正版。我想说的，除了我那位英勇无畏的母亲外，还有就是那个与我有过几天同室的"难友"：谢三宝。他是虹口中学六六届初三的学生，只是有时为了遮实，有时则为了有意去制造某种"投影"的效果，在虚构文本中，我多使用姓氏"谢"或人称"他"来代入。这次连名带姓地道出，因为即使在上海"文革"史料的档案里，也能查出其人其事的真相来，以证明我之所述非虚矣。

与我同"牢房"时的谢三宝，是个充满着蓬勃朝气的青年人：穿一件天蓝色的大翻领球衫，袖口短到胳膊的上半截，露出了块块栗子肌肉来。他被关进四楼来的罪名是"坏头头"。我问他道，你也是造反派的头头？ 他点了点头。

"哪……？"

他显然明白了我的困惑，说："还不是派系间的争斗？ 是'大队派'（他们的对立派）搞的。"

听口气，他显然没太把它当回事。但他很虔诚，就我们两人住那间课室，并无人见到，但他竟然还自觉地担当起了一个造反派头头应尽的责职。每日早晚两次，他都带领着我，这么一个还高出他两届的"逍遥派"室友，向着挂在墙上的毛主席像"早请示晚汇报"，念出一段语录来，"深挖思想根源"。完事后，还毕恭毕敬地向相片行三鞠躬礼。我当然觉得无此必要，而且还有点可笑，但也不得不随从。在那个时代，稍有一点异类的表露都可能招致杀身之祸，这一点我很明白。

那天傍晚，当我因"查无实据"而被释放回家时，那位与我同室了仅几天的"难友"突然就显得有点儿伤感和依依不舍了起来。他泪汪汪地握住了我的手，祝贺我重获自由的同时，还说了一句至今让我耿耿于怀，不，还不只是耿耿于怀，简直就是"鲠刺在喉"的话：

"不知道我俩日后还有没有再能见面的一天？"

他好像是突然从那里获得了什么预感一般，因为此话的表述逻辑并不严密：两个同校的学生，都还很年轻，应该说日后在学校在街上在哪里遇见，都是件很平常很普通很有可能的事，犯得着如此伤感吗？ 但，他说对了，今后真的是没有了。谢三宝于三年后的元旦那天遭处决。处决他当然并不是因为他是什么"坏头头"的缘故。而是当"四楼事件"结束，他也被释放回

家后，他去了"中百公司"那一带偷偷散发过几份印有"打倒
××和××"的反动传单（标语）。听到这个消息已是在二十年
后的香港了，当时我惊呆了。而告知我这一消息的那位旧同学
还告诉我说：一九七九年，也就是他被枪决的八年之后，当平反
通知书送到他家时，竟然连接受这一通知书的人也找不到一个。
但平反书却一定是要送的，因为他所写的"打倒××和××"
中的"××"以及"××"，以后真的是被打倒了，非但被打倒，
而且还遭审判或外逃坠机了。而那，又是咋回事呢？于是我那
旧同学便补上了一段更令人心碎的后续故事。在谢被处决后，
他的那个六八届的弟弟在"一片红"的高潮中去了江西插队。或
者是命该如此吧？有一次上山砍柴，竟被雷电劈中，死在了异
乡。谢母闻讯伤心欲绝，继而心脏病发，猝死在家中。而接连
遭受失子丧妻双重打击的谢父，在拖了三年后也终于撒手人寰，
到另一个世界找他的妻儿们团聚去了。一个八年前的四口之家，
八年后只剩下了一间空屋。"唉，"老同学叹出了一口气来说，"你
叫送通知书的部门该往哪里去送啊？"

故事确实很悲惨，但我能保证准确无误的，只是它的前半
部分。因为那是我亲历的。后续故事既然有了听说，那也应该
如实记下，这才符合我那"虚构之非虚构"的写作精神——你
说是吗？

关于谢三宝事件，另有一段我之听闻，也应在此一提。

这在《长夜半生》中，我是有过描述的。只是张冠李戴去了
湛玉的身上，说她作为一名报社的实习记者，在刑场上与被处
决之前的谢三宝有过面面相对的一刻。这事情的过程都是真实

的，唯这事是我的一位在《文汇报》工作的记者熟人，后来在得知了谢原来还是我虹中的校友时，形容给我听他的所见所闻的。我觉得最不可思议的是谢当时的眼神，我问了他这个问题。

"眼神？"他想了想，道，"这是一种完全涣散了的眼神。不是惊恐而是麻木。"

唯在以后的想象之中，不管我如何努力，就是无法将刑场上的那个谢三宝与翻领球衫，肌臂结实的他叠映到一块儿来。

升起了的，除了夜雾，还有
我刹那时的困惑：究竟，我
是不是真真实实地活过了那
六十七个年头呢？没有答
案，不会有答案的。一切的
一切，不都隐藏在身后的那
团迷雾之中了？

二十九

　　四十六年前，与我一同被牵连进那起所谓"四楼事件"中去
的学生共计有十七八人之多。其中，除了我，以及住在我家隔
壁（即溧阳路 685 号）的一位名叫"蒋美庆"的女同学（她与我并
不同班，但属同校同届）有惊无险外，其余的人死的死，判的判，
被遣送外地农场去劳教的遣送外地农场去劳教。总之，一片彩
旗倒地，只有我们那两杆红旗还能迎着强劲的寒风，飘扬了近
半个世纪。

　　说起我家的那位邻居女孩，她之获罪也够算是荒唐的了，
且极富时代特色。构成她全部罪状的是她的姓名。她叫"蒋美
庆"，她父亲蒋老先生是我父亲财大的同事，一位留美的老教授。
女孩是他最小的女儿，生于一九四八年七月十四日，恰逢美国
国庆日。老父一时兴来，便随口给她起了那个最后证明是惹祸
根源的"帝国主义"名字。而且，他家好姓不姓，偏姓蒋。那与

老蒋，蒋介石的"蒋"不同一姓吗？ 所谓"一笔难写两个蒋"，这里面又有何种玄机呢？ 就算现在不是，但红卫兵们锐利的目光看到的是未来。他们可能感觉到这个女孩已具备了有可能在将来的某一日，摇身一变，而成为"美蒋女特"的各种潜质与基因了。不行，先隔离起来，审她一审再说。有可能的话，斩草除根，以绝后患。于是，蒋女孩也被关进了四楼来。

当然，公安部门是绝不可能因此而将她入罪的。发下一道命令来，说让她改一改名字完事 —— 姓当然是无法改的啦。于是，她便改叫了"蒋纪文" —— 取"纪念文革"之意。她获释在我获释的几天后。"文革"一结束，我去港后没几年，就听说蒋纪文也去了美国读书。只是不知道，现在的她是否已将名字改了回来呢，还是没有？ 如是问我，我说最好甭改。如此一个时代的这么一段经历，弥足珍贵。难道不值得将它留住，当作一种终生"纪念"吗？

　　然而，最让我摔不出记忆的还是那无辜的一群：尽管一九七九年，党的十一届三中全会之后，不论是坐牢的还是劳教的，都蒙昭雪平反。但基本上，铺展在这群三十出头的中年人面前的人生之路，已再无辉煌与憧憬可言了。当时的中国，积累了十多近二十届的学子们，从四面八方涌向大城市。他们正陷入在了一场"回城潮"的疯狂中。其后，便是温习旧课，恢复高考的高峰期。"知识就是力量"，这句久违了的，当年从苏俄进口来的口号，加上本地土产的"学好数理化，走遍天下都不怕"，几乎都成了全国青年学子们的座右铭了。时代那泛滥了的潮水，在牺牲了我们整整一代人的低低回旋声中，又重新归入长江黄河的洪流中，直奔太平洋而去了。又过了三十年，全国已变成了一片金钱加美女加权力的世道与人寰了。但我们都已老了：钱，就是这么点退休养老金；权，那是人家用来管我们的权；至于美女，那也只有心有余而力不足地瞧一眼再瞧多一眼的份儿了。年龄过去后，一切也都随风而逝。假如说还能有什么抱负与理想的话，那也是属于下一世的人生话题了。当然，那还要看你仍否有重新投胎做人的福分。而且还得做上海人，北京人，香港人，广州人。如果种子撒在了黑非洲，撒在了战火连天的叙利亚、黎巴嫩、伊拉克，撒在了偏僻的高原山坳里，那前途，还不一样是渺茫？

　　当我在作这些漫无边际的遐想时，你应该记得，我是站在河的对岸，隔着水面，凝望着当年的那间关押我和谢三宝的窗口的。我糊乱的脑海里，上演着一幕又一幕的人生场景，真伪

莫辨。连正在回想着它们的我自己也都闹不清，究竟什么事应该在先，什么在后？唯当下这一刻的情景是确定的：那窗口已换成了有着宽广视野的塑钢玻璃大窗。在这黄昏降临之际，室内的 LED 现代照明设备大放光明。有谁还会去理会，去想象，几十年前在这间曾经的课室里发生过的一切呢？没人会。这是因为，这与他们今日的生活毫无关联。就像一位唐朝宋代的冤女投河或缢颈事件与今日跳广场舞的大妈们毫不相干一样。也难怪，如今的人们都在尽情地享受着改革开放后的中国所带给他们的丰盛的物质生活的成果，而那些淹没在了历史烟波中的悲惨往事，哪怕只是提及，也都可能扰乱了人们美好的兴致 —— 而你，又不是在构思一部历史穿梭剧。

都活到今天这个年岁了，揣着一大筐的人生阅历再度回首"文革"。是的，事情是过去了，说说"荒唐岁月"一类的感慨语，也算是省略去了一切过程的某个结论了。其实，当年那一步一台阶，铺砌而上的那座神台，以及神台上供奉着的那尊胖胖神像之种种种种的盲目，这本来就是场万民参与的群众运动。举国上下，一片沸腾。这是一种土壤，一棵含毒的植物怎么可能在一种无缘无故的水土条件之中发芽、抽枝、成长为株呢？"文革"初期有一副叫作"鬼见愁"的对联，流传甚广。"老子英雄儿好汉／老子反动儿混蛋"。说的倒是真话，没遮没掩的真话；也是心声，直言吐露的心声。只是它的表达可能太露骨了，与当年希望达至的某种政治目的有所冲突，从而才被定性为"反动"，予以取缔。

半个多世纪过去了。现在的理念只是改成了做而不说 ——这或者也算是某种进步？

虽说什么都二十一世纪化了 —— 包括哈尔滨路获思威路 —— 但思潮这样东西很诡异，说不定哪天又失控泛滥了。"文革"之惊恐怎能保证说一定不会重临你我，或你我之后代们的人生梦回里来呢？欲杜绝之，谭力夫的这条"鬼见愁"的对联或是颇含有了点省人悟事之功用的。发展经济与民生，这都对，都好。只是再先进再高科技的硬件也不能保证说哪一天不会遭"黑客"软件的攻击与入侵 —— "文革"思潮就是那"黑客"。

说了一段题外话，再回到我的本题上来。

我惆怅地踱下大理石级来，离开了"虹口港"。我让自己的腿带领着我，向溧阳路的北端走去。我也说不上是为了什么，可能只是想从哈尔滨路拐个弯进去，再次来到"兰葳里"的弄口上站一站，看一看？看看在那条陋弄之进出口的人来人往中，我是否还能找到个把举止行为或脸部特征上还能有点儿熟悉影子的谁来呢？ 想不到，我真还如愿以偿了。

是"汰鼻涕阿三"—— 那个"老虎灶"老板娘的儿子。

我见他时，他正用环形锁把那间客堂屋的门上锁，准备外出。在黄昏微弱的光线中，我只见到一截弯驼了背脊的半老头在那儿摆弄（其实，在别人的眼中，我自己又何尝不是如此形象？）。我站定了。让记忆再次仔细地过滤了一遍那些动作的细节之后，我吃准他一定是谁了。我用我六十七岁的声音叫了声：

"阿三！"—— 当然，"汰鼻涕"三个字是一定得省略掉去的。

他转过脸来，怔住了。他的目光在我的脸上游移着，他的思路在追寻。

"侬是？…… 侬是77号里个 …… 个 …… '乖小囡'！"

很明显，他一下就认出我来了。他想叫出的是我的全名。然而"搜索引擎"失效，屏幕上跳出来的几个字是："抱歉！ 无此记录。"那个刹那间，他的人脑却在高速运行。在资料库里，它发现了一条线索：那是我童年时代的绰号。即使如此，还是发生了一点小小的误差，他将"乖囡囡"错译成了"乖小囡"，但无碍于事。

"嗨，真还是认准了，叫对了！"我喜不胜收。

一下子，我俩的距离拉近了，拉近了至少五十年。我说：

"别来无恙，侬一切还好哦？"

他说："以前倒还算好，后来得了个直肠癌，前年动的手术。"

我说："哦。"

他说："都做化疗了。还做了个人工肛门。现在没事，怕就怕再复发 …… 侬是晓得我娘个。"

经他这一提，一张蜡黄的面孔上死鱼般的眼珠偶尔转动一下的记忆画面便同时在我的脑海里一闪而过。

"…… 说是说她生肝癌，但医生说，很可能就是肠癌的转移。就担心这一招，据说这病有遗传 ……"

但我想转个话题，这话题太过沉重。我说：

"不谈这个了。你仍住这里？"

"不，早搬了。搬到了黄兴路的商品房里去了。"他说此话时，脸上掠过一丝得意。

"噢，是这样。黄兴路？ 是杨浦区的黄兴路吗？"

他说，是的。他后来进了公交公司工作。开25路电车，一开就开了三十年。黄兴路的房子就是那时单位里实行货币分房时分给他的。"两室一厅，光线敞亮！"他形容道。

"那好。那敢情是好。你现在是准备回家去吗？"

"不，我就住这里。我是锁了门，出去喫碗面去 —— 老婆搓麻将去了，夜饭唔勿人烧。"

"黄兴路那房子呢？"

"给儿子媳妇住啦！ 现在个女小人，侬没有房子，伊勿嫁给侬。所以只得将黄兴路的房子给了儿子结婚用。自家再搬回来住，还是同'兰葳里'有缘哪！ —— 亏得当时这房子没卖掉，否则真是要睏马路了！"

他自嘲地笑了笑。折出了满脸满面的粗细皱纹来。听他这么一说，儿时的调皮劲又升了起来，我想说笑的那一句对白是：马路就勿要去睏了。其实，弄堂里的过街楼也蛮好个，这遮风避雨的。但，我想此话是说不得的，不厚道，伤人。我将话题偏离了一个小小的角度。我说：

"啊，现在人都老了。侬娘过世的辰光，伊几岁了？"

"六十出头点，现在想想，老娘伊……伊……伊真是作孽喔！"

他说这话的时候，语气变得深沉而恳切，像是有点儿从丹田里发出来的音响效果。他的眼光在这昏暗的过街弄口巡游着，像是在寻找什么，寻找谁。或者，他还想再说点啥，但都让他给克制住了 —— 其实，他不说，我也明白。

"后弄堂里已经没有侬还认得个人了。搬走的搬走，死脱的死脱。"他说。也是在那一次，他告诉了我"垃圾筒老虎"在部队里当大官一事。

后来，我俩是在弄堂口分的手：他径直往嘉兴路桥那边去了，那里应该还有不少几家个体户面馆的。我则走反方向，上了哈尔滨路桥，往救火会方向去。我从桥上过河去，这是一条前世之河。已经到达河对岸了，但我还是忍不住要回眸望它一望。升起的夜雾已变得很浓重很浓重了，有几盏灯光在这雾霭之中闪烁不定，仿佛是幻影。升起了的，除了夜雾，还有我刹那时的困惑：究竟，我是不是真真实实地活过了那六十七个年头呢？没有答案，不会有答案的。一切的一切，不都隐藏在身后的那团迷雾之中了？偏偏就感觉自己噌地上了词人辛弃疾的那层境界了：众里寻他千百度／蓦然回首／那人却在／灯火阑珊处。那人是谁？那人是我自己，一九五二年的自己。

东上海的前世今生

梦中遇母

——代后记

三十

醒来时，天已蒙蒙放亮。我睁大了眼睛凝视着灰白色的天花板，心中充满了困惑、惆怅、思念、预感，或者还有些其他的什么。

母，喻母地，亦喻母亲。

就当此部稿子圈断最后一个句号的当晚，我做梦了。这是个古怪的梦，寓意晦涩。梦中，去世多年的母亲示现了。她还是我青少年时期的母亲，即停留在了那一天清晨，她掀开了我的蚊帐，告知我她的那只关于桃花林瞬时间变为了丝瓜棚年纪上的母亲。

这回的我与她正身处于我们老上海人称之为"新客站"的上海火车站。我们在二层，正欲往下去，而自动扶梯启动了。扶梯将一层软席车厢的候车客输送上来，送往位于二层的火车月台上。毫无疑问：人群都是些要乘火车，自上海离开，前往外地某处去的乘客。而我与母亲则反其道而行之，我们的方向是要下楼去。

恰待我俩走到自动扶梯口上时，人群刚好走完。输送梯也

哈尔滨路桥全貌

因而自动告停。我向母亲说，这儿上得来，这儿也下得去，道是同一条道。而打这儿下去，出门拐个弯，不就到街上了？母亲点头称是。在梦的潜意识里，我与母亲并不像是刚从外地来上海，而是我们本来就是在上海，而现在仍想留在上海罢了。

转眼之间，我俩不仅来到了上海的街上，而且已经站在了哈尔滨路桥的桥端上了。正打算下桥，去往"右手拐弯第八家门口"的溧阳路687号。然而就在此时，令我讶异的景象发生了：我在前文中花了很大篇幅描写过的一切场景：商铺、建筑、设施、乃至"虹口港"的那条河流，这会儿都不见了踪影。在一片广垠无际的大地上，就孤零零地矗立着包括我家在内的那一排小洋楼。小洋楼被脚手架和绿网纱遮盖着，似乎在进行一场修缮和翻新的工程。门前的那条溧阳路好像还是有的，但却被石块、砖瓦和刚搅拌好了的水泥浆水堆满了。我与母亲正高一脚低一脚地插足于泥浆之中，拔出来，再插进去，插进去后再拔出来，行进艰难地企图接近687号的老宅。

后来，我们是否真抵达目的地了？梦境似乎并未给出一个明确的结论。我只记得我与在我一旁正在填河的工人有过这样的一段有趣对话。我问：

"你们把这么大的一条河都填平了，干么呀？"

"筑路。"

"筑路？那路面不都宽成肇家浜路了？"

只见那工人用铁锹有一搭没一搭地拍打着那早已被夯实了的土地，说道：

"这是上头的意思。人叫干啥，咱就干啥呗。"

在梦境中，我想：这倒也是的。

而下一个梦中场景是：我与母亲已站回到了哈尔滨路桥的桥端上，开始往回走了。我说：

"妈，您们 —— 您与爸爸 —— 现在在哪里？您们过得都好吗？"

母亲连望都没望我一眼，道："你有钱，但我没有哇！……"

她似乎还想再说点儿什么，但她的话头被我焦虑地打断了。我说："妈，你怎么可以这么说呢？我也没什么钱啊，您是知道的，钱都留在了香港……再说了，我的钱不全是您的？您要多少，问我拿，只要我有的，我都给您……"

这么一着急，便急醒了。发现，原来是场梦！

此梦的实情，凡醒后仍能记起的，我都说了。绝无半点虚构、夸张或减缩的成分。醒来时，天已蒙蒙放亮。我睁大了眼睛

作者母亲九十四岁时摄于沪上

凝视着灰白色的天花板，心中充满了困惑、惆怅、思念、预感，或者还有些其他的什么。反正，我是在第三天，就去父母的坟前烧了一大把冥钱。我当然应该是这样做的。然而，这只是以梦说梦，以梦解梦罢了，那除此之外呢？ 不知哪位高明的看客能代我一解此梦的隐喻和真谛呢？ 如真有此等高手现身，在此，请先接受在下跪地一拜。

2014年12月31日完成于
沪寓心斋

附录一

"前世"还是"今生"？
Curiosity? Pre Or PostLife

　　"前世"是相对"今生"而言的。前世之前还有前世，今生之后还有来生。这一进程，无始无终。人，待到他稍有了些人生阅历，或浅读了点佛学常识后，都可能会升起这样的一种好奇：前世是什么？ 什么是前世？ 我的，我们的前世又各是怎样的呢？ 问题的这般提出与究竟，其实是没有意义的，也不会有结论 —— 至少，不会有个能让你真正感到心安理得，脚踏实地的结论。

　　说得平实浅显些，每个人于他这一生中就在不断地经历、轮替着"前世"与"今生"的转变。你上学后，你儿时的岁月便渐渐变成了你的"前世"记忆了。而当你完成了长长的学业，走上工作岗位，创业与奋斗的道路艰辛而漫长。然后你退休了，一下子，你感觉若有所失。你一个人闲步在公园的林荫道上，思想腾出了空间。你的记忆经常会倏然闪回：那些年轻的岁月，

那些精力蓬勃的日日夜夜，留在了你的身后，如梦似烟。你会不断地自个儿反问说，它们到底是真实的呢，还仅是些幻影？这是个连你自己也都无法给出定论的问题。无法给出定论是因为它们越来越变得朦胧如"前世"了。

　　还有，青春期的你堕入了初恋，但后来失恋；再恋，复又告吹。终于，你组成了家庭，也有了自己的儿女。婚后的日子磕磕绊绊，然而更有甜蜜与温馨。但不觉老之将至，痛失双亲之后，这回儿轮到你自己了。你失偶守寡（鳏），那时的你，再度回首你与他（或她）的美好时光，以及你的那些亲情融融的家庭生活，这，又像不像是另类"前世"呢？每一个人生阶段，一旦踏上，从不适应到适应再到习以为常，如此进程的演变恰是你的那些渐行渐远的岁月在悄悄变质为"前世"的过程 —— 仔细想想，不就是这么个理儿吗？所谓"恍如隔世"，这句成语的发明和使用者们的感慨多是针对这同一世人生中的不同生命阶段而发的。可见，人之前世今生并非一定要等到你死后轮回，重新投了胎才可作数。对此，佛学又给出了生命的另一层真相：凡所有相，皆是虚妄（《金刚经》语）。记忆就是记忆，无论你执着还是不执着，都无法将其拖住。

前世与今生还有一层关系，那便是因地与果地上的对应关系。因果转换，果因互证。我们都熟知的那句偈语是：欲知前世因，今生受者是；欲晓来世果，今生作者是。前世，因而是很方便就能得以明了的，无须你去翻江倒海地修炼什么玄奥的功夫法术之类。看一看想一想你今生正在感受和承受的，一切不都有了答案？且不说别的，就冲着这层意义而言，人就必须时刻提醒自己要去坚守那条道德的基准线。永远做个正人君子，无论是在明理还是暗里。假如那潭污泥浊水你蹚了，假如那些偷鸡摸狗的苟且事你干了，总有一天 —— 你懂的呀 —— 真相会大白于天下。再显赫者尚且如此，更遑谈你我这些小福报的平头百姓了。如今，当身陷囹圄的这些人，回想起昔日的那些呼风唤雨不可一世的日子，他们会不会也有些"恍如隔世"之感呢？我想也应该是有的 —— 尽管他们其实还留在这一世的人生中。对此，佛学也有个专用词汇，称之为"花报"。意涵：花开过后必会结出果子来。果报在来世，果极在地狱，果报当更惨烈 —— 想想又何苦来哉？

当然，他们都是些做噩梦者。也有正在做美梦的人。阿里巴巴的马云，在他连大学录取通知书也领不到的当年，他能想象到今天他的股票在纽交所上市一刻的轰轰烈烈与盛况空前吗？但愿他的美梦能一直做下去，至少也能做长些。要做到这一点，佛法教你的方法很简单：好施乐善，广种福田。永远让福分的种子留剩在这人世间。

扯远去了，再回到本题上来。所谓时光穿梭，前世今生的，如今不少作家和影剧家们的理解是非要远接汉唐，遥入科幻的未来而后才算过瘾。这类作品，除了胡编乱造，尚有何法可循？不管别人是怎么说、想、做的，反正我对这种让想象力故意泛滥成灾的文学（艺术）创作手法认同度不高。也因为是如此，我的这部《东上海的前世今生》以及后续的那两部小说所遵循的基本创作理念便一定会是另一种。我的希望很微薄，能力也有限。我只打算在自己可控的范围内进行一回"太空漫步"，遥远如海王星上的登陆与殖民计划，我是不敢去奢望的。不敢奢望就如一名"打工仔"梦想说是哪一天突然就发了达，发达而变成了李嘉诚第二那般。李嘉诚的大福报在他前世以及前世之前世的因地上已经种下。故我们要考虑的近在眼前：如何在今天就能撒多点善良的种子于人间，以期来生也能收获一片伟大如李嘉诚和马云们的福报之秋田。而这，才是条可行的修果之道啊。

2015年3月3日
于沪寓心斋

附录二

生命的意义
The Meaningfulness of a True Life

　　且拾起这个老掉了牙的话题来重叙一番？不会是多余的，永远不会。不会是因为每个人都有其特定的，无可替代的人格组合，角度切入以及人生历练。即使是同一个人，在不同的年龄段，也会有悟入程度的深浅之分。甚至不同的季节变化，光线转换，境遇提示都可能给你输入某种新的感触，新的灵动，新的发现，新的体悟。故，多说几句也无妨。

　　一说，浮生若梦。这句表述语最为常用是因为它的表达够贴切之故。在梦中，你的心魂总好像是被某种能量牵着走的，自己无法也无力干预。哪一刻，你突然意识到说，我这会不会是在做梦啊？并试图要用你的理智与意志去控制那梦境时，你便醒了。就这么神奇，这么不可思议：梦必定是在你不清楚自己是在做梦时，梦才能流利地做下去。这叫什么？这就叫迷惑颠倒。迷惑了还不知道自己迷惑，这便有了梦。在梦中，你走过了一幕又一幕的人生场景，有好有恶，有苦有乐，又惊又喜，有时飞翔自由如鸟雀，有时艰难跋涉在困谷。完了，醒来，遂发现自己不还一样是躺在了那捆草垛，或睡在了那张"席梦思"上 —— 总之，你睡前是在哪里躺下的，醒来还留在了那里。一切真相大白，你这才记起说，无论是行刑逼供受尽苦楚，还是中状元当"驸马"的，原来都是场梦哪!

二曰，人生如戏。台下的观众席里一片漆黑寂静：这是广垠无际的整个宇宙。就这方人生舞台，强光灯将它打成了一片雪亮。你投入在了你之角色的演出中 —— 事实上，不仅是你，每个人都投入在了他或她的角色里。好人坏人，善人恶人，贵人小人，你与他们纠缠周旋，一会儿心中充满了喜悦与感激，一会儿是痛恨。但随着剧本的编排要求，或是剧情的发展需要，你所扮演的那个角色之戏份渐入尾声。无论是龙袍加身，还是

作者与其旧居

褴褛裹体，你总有退场的一刻。退场而让出舞台的空间来给你的儿孙们继续将戏演下去。直到他们也演完，也退场，也将舞台让出来给他们的儿孙。如此循环，没完没了。想想这世界的历朝历代，中国的历朝历代，你家的历朝历代，不都是这样走过来的？且还得继续走下去。那，退了场的你我又去了哪儿了呢？到那片漆黑的观众席里当一名观众去啦。望着那些还在这聚光灯之下，煞有其事地上演着的恩怨情仇，你感慨莫名。想，那时，我自己不也一样？

　　三曰，人生如掌舟渡航。你自此岸登船。那里就像是母怀，蓝色的海水温暖着一种柔柔的拍打，反复叮咛。然后，你之生命航船便扬帆出海了，踌躇满志。为的是去经历一场惊涛骇浪的海上旅程，你又抛锚又起锚，你又是左满舵又是右满舵，为的只是能躲避那一个又一个扑打而来的凶险巨浪。当然，也不是从没有过那么几回月明星稀之美好夜色的。你刚在甲板上歇下口气来，感受和风拂面，细辨海浪轻吟。今晚，你的心情难得这么舒畅，就想着要煮杯咖啡上来，边啜边思考一下有关人生何为的种种课题。但就听说前方十二级飓风已在加勒比海域形成，并正朝你方扑面袭来！你于是不得不抽身而起，聚精会神，重新"面对现实"。如此一段人生航程，无数次的化险为夷，多少回的"就差那么一点点"，你总算没落了个翻船沉舟，葬身鱼腹的下场。如此这般，你说你累了，实在是累了！后来终于，在一个天刚蒙蒙发亮的清晨，你见到了前方的那条灰一色的地平线。你松下一口气来，向自己说，到了，终于到了！你将你疲惫的人生航船再度驶进港湾，泊堤靠岸，而你，也登上了那片未知的彼岸。那船，那桨，那锚，那罗盘，那些曾在黑风浪的海面上拯救过你的重要的生命道具，这会儿，你都丢弃在了那儿，一件也带不走 —— 事实上，它们于你也不再有用。人生的险恶了结在人生的航程也同时完成时。

这是三个比喻。总之，不管怎么说，生命其实只是个过程。无须执着，因为执着无用也无益。当然，并不都是那么悲观的，生命也有快乐时。就如做梦，也会有做美梦的时候。我们常说的一句哲理语是：享受过程。那，不就妥了？问题是如此生命取态，又有几个人能真正做到？古有雅士，雪夜访友，期能共赏雪景。然而，船至友人家门前，遂告掉棹回头。船老大愕然，探询之。答曰：欲赏已赏，何以复往？这是中国古人的境界，道化得来都有点儿不食人间烟火的意味了。

　　话说至此，余下的问题 —— 其实也是最根本的问题 ——
是：何谓"享受"？不一定都要是好的，爽的，美妙的，刺激
的，顺景的，才能让你享受一番的。"受"分乐受、苦受和舍受。
当然，唯有那第三种"受"才是佛道里的最高境界，因为它不着
相，不落印象。有人一生乐呵呵，有人一生愁眉不展，有人一
生逆来承受，有人一生牢骚满腹；更有人一生好施乐善，有人则
一生无恶不作，以他人之不幸视为己之"乐受"……但不管置
心置情于何处，人生这趟列车，一旦上了，放好行李，选定座位，
它就那么自顾自地轰轰隆隆驶往前去了，直奔其目的地：死亡。

　　是的，人生无奈。假如不无奈，又哪来那么多的文学艺术
作品，哲理宗教奥论 —— 这些感慨生命无奈与无常的精神产
品 —— 来打磨来丰富那些还在这人生舞台上投入演出的演员们
的演技和心理内涵，以使其表演更逼真、更精妙，娱乐了观众
的同时也娱乐了自我？

　　所谓"万般将不去，只有业随身"。什么是"业"？说白了，
就是你自己的记忆。也就是说那台电脑旧了、老了、坏了，该丢弃
了。但你还得将那薄小小的储存芯片带上 —— 其实，这是样你想
丢也丢不了的东西。你可以丢这丢那，但哪有丢了记忆的？暂时
记不起，打不开数据库的情形或者有，但到了某个特定的情景里，
它说复活，便全都复活了。而死亡的到来，就是那种特定的情景。

　　于是，能活着便有了另一层积极而又真实的意义了。如何？
曰：以假身作真修，是也！就算说人生都像是活在了"梦中"一
般，那也要时刻留意在自己的记忆库里累积多些美好的心态与
情绪，良善的行为与念想。身虽是个"假我"，但藏在那个假我

之中的"真我"——八识田中的根本识:阿赖耶识——却能日夜得到滋养,得到丰富,得到改良和优化,累积起越来越多精神与道德的善种。这个见不到摸不着的"真我",假如不凭借着那个"假身"来圆满其功德的话,它无以相托。哪天,你的那趟人生列车到站了,随"游魂"一同下车去的决不是那些行李和包裹,而是你真诚处世,助人为乐的美好记忆,而那,又是件多么快乐的事啊!且不说临终前的肉体有痛苦没有,即使有,也会被你回首过生时的那种满足感所彻底覆盖了。而你,就是在这么一种心境与情景之中离开这人世的:平静、祥和、满足、无怨无悔。有益于社稷人群这些大课题咱先不说,单以你个人灵魂工程的建设而言,就已是意义非凡了。所谓"日有所思,夜有所梦",假如人真有来世,待到你再度"入梦",启端另一起人生旅程时,真善美的记忆占尽先机,自然而然,你不就会有一场"人生美梦"可做啦?

二十一世纪的人类动不动就讲"科学理据",这,就是生命循环的"科学理据"。说玄奥说困惑说看不清摸不透想不通,这些都对,都肯定会是这样的。这事假如一看就通一想就懂,反倒怪了。所谓"大道无形",每时每刻都存在于我们四周的无孔不入,有谁会去留意?再说留意了,也未必就能让你俯瞰出个真貌,揣摩出个究竟来。就如流水之于鱼虾,空气之于你我,道理太浅显了时也就太深奥了。哪天突然参透,你会淡然一笑,说,不是吗?那片落叶就是禅机。道理就寓于此。

2015年4月3日
于沪寓心斋

附录三

孤独的价值
The Value of Solitude

　　孤独是一种生存状态，一种处世状态，但更是一种心理状态。孤独的本身并无好坏之分，也就是说，与这世间的任何事情一样：孤独，一旦被文字命名了之后，它就被定义为了一种独立的生命现象。它由两个方面组成：你在感受它对你伤害的同时，你也在接受它给你带来的好处。反之亦然。

　　要说孤独，孤独的精灵无所不在。但假如有一天，你用你的心声斩钉截铁地告诉它说，从今往后我断绝与你为伍了，它便会瞬刻间消散于无形。因为说到底，这都是你的心理在作祟。你制造了一个叫"孤独"的心魔，然后再将自己置于了它的掌控与折磨下。

　　古今中外，从没有一个拥有了真正强大内心世界的人会有感觉孤独时。然而，我们大家都是凡夫，孤独感总会在不期之一刻钻入到你的心中来，让你感觉沮丧。此时此刻的你必须清醒地意识到：你的精神感冒了。你需要自疗，而不是他疗 —— 因为凡你以外的任何人，再亲密再好意，也都无法对你的这种病情病况病态施以援手 —— 而自疗的方法很简单，但也很艰难：反观内心，运用你平日里修炼的内功，将孤独这种病毒排除出你的精神肌体之外去。从而让自己重新康复为一个心理健全者。

孤独还有一种解释：你身有居址（比方说，某市某街某号，也就是邮差能将信件或邮包准确送达你手中那个地点），但心却"居无定所"。心的这种流离失所的彷徨感就叫"孤独"。哪天，你为你的心灵也找到了一处永久的安居处，这种孤独感便会荡然无存。说及此，自然，就必须要搞清楚一件事：心究竟为何物？这个以其内涵完整而丰富地存在于哲学以及宗教领域里的概念与它的科学解读可说是南辕北辙。有这么一则笑话：一位精于手术的外科医生说他绝不相信有灵魂的存在。因为 —— 有一次在

作者当年被关押的教室的两窗口

与他的一位哲学家朋友的谈话之中，他如此表述 —— 在他无数次的手术过程中，他解剖开了一个又一个的人体器官，但却从未见到过有灵魂这样东西。"那，我想问您，亲爱的朋友，"那位哲学家如此说道，"您爱您的妻子吗？""爱 —— 很爱。""下次再做手术时，您不妨留意一下，看看'很爱'这种物质是不是也能在人体器官内找到？"

心的概念于是便在瞬刻间变得具体、清晰且有了触感。而在所有培育心灵成长的养分之中，"自我"以及"孤独"又是两贴必不可少的调配剂。

"孤独"又可以被分为"外孤独"和"内孤独"（或称之为"孤独处"和"孤独感"也未尝不可）。"外孤独"是演示给他人看的：就当别人在为你貌似难以忍受的孤独的生存处境而叹息，而担忧时，你本人反而是活得有滋有味，越来越转相成为神采奕奕，容光焕发的一副模样了；好像你不是在忍受孤独，倒有点儿"享受孤独"的意味寓于其中了。何故？因为你压根儿就没有孤独感，你的那个"自我"从没感到空虚过，它活得充实得很。这种属于东方哲学和宗教领域内的心灵体念和训练，普通的现代西方心理学理论是很难解释圆满的。自始至终，你就拥有了一种信念，且坚定不移：在你四周起起伏伏的五光十色，其实都是虚幻的，它们是物质存在之所以无常的另一种表现形式。一千年前，盛唐时代的霓裳羽衣去哪儿了？三百多年前，路易十三的奢华又去哪儿了？烟消云散后，浮现在你眼前的只有蚀刻在石碑上的那几行诗文。它们流传了下来，且还会流传下去。它们是什么？它们是诗人们孤独心灵的精神遗产。它们刀刻斧凿般地呈现在那儿，诉说着历史，描绘着当年人们的种种生活和心理情状。它们，唯有它们，才有可能固化成为了人类文明史上的一个亮点，一处接口，一种见证。

但人总是无法能真正理解，他们最丰富的精神财富其实就产自于他们自己的内心，且，这还是座取之不尽用之不竭的矿藏。正因为了这种不理解，人的惯性思路总是：心外求法。企图用物质来填补精神的虚空，用世间法则来解答那道属于出世间范畴内的课题。殊不知，物质世界是一片茫茫的苦海，无涯无边，一直航行向前，你永远也休想会有航抵彼岸的一天。这也是一口咸水井，喝得越多便越会感到口渴难挡。想一想酒醉饭饱，床第之好后的你的那种失落感吧。它叫什么？它就是"孤独"的另一起别称。再热闹的宾客笑语，再炽烈的柔肢雪肌的纠缠，到头来，还不是留下一个孤单单的你，躺在那儿，独自发呆？老感觉心窝的哪一角里缺失了点什么，而且还是一种重要的，带根本意义上的什么。正是由于这种缺失感的存在，你感觉自己除了是具行尸走肉外，其实什么都不是。这很致命的：它会让你感到枉度此生。

另起一行反向思维：一旦感到空虚落寞时，便静下心定下神来，做一次认真的内观实验。让你去同另一个你和另另一个你促膝长谈一番，谈宇宙谈人生，谈得失谈成败，谈是非谈善恶，清理思绪清理门户，提炼情操提炼道德的纯度……因为你，你以及那个你你不是谁，而是一个个你之本我的分身。格位错落了，但他们还都是你，他们与你都处在了同一条智商、体悟与理解的标准线上。故，这种对话非但变得可能，而且还会相当"投机"。如此精神反刍带给你充实与升华的同时，还能有效地开发你那被尘世遮蔽了的自性 —— 或称之为"佛性"也一样。读过一些佛教经典的人都知道，三千年前，佛陀在给这阎浮提众生讲经说法的地点老选址在了一个叫"舍卫国给孤独园"的地方（请注意那个"给"字的有趣使用和它的被动语态）。这些名词都是用来表法的。它说明了：孤独，这种生存状态上的痛苦恰是你精神内修上的必需。缺乏时，你找，也得找它回来；求，也得求上苍能"给"（赐）予之。

孤独是你生命境界得以登高前的一次痛苦而又漫长的Plateau Learning（"高原经历期"），跨上新一级台阶的下一刻随时都有可能到来。当然，于我们凡夫而言，孤独，尤其是年长月久的孤独，这事并不好受。但它却强化了你灵魂的耐力

与承受力。孤独让你变得坚强、镇定、平静、波澜不惊，让你走
向成熟，走向宗教，走进对于生命意义的终极理解与觉悟。

2015年5月23日
于沪寓